JN319078

月とナイフ

Hinako Tsukigami
月上ひなこ

CHARADE BUNKO

Illustration

佐々木久美子

CONTENTS

本作品の内容はすべてフィクションです。
実在の人物、団体、事件などにはいっさい関係ありません。

序章

肌を刺すような冷たい雨の降る中、彼は傘もささずにじっと佇《たたず》んでいた。もうどれくらいそうしていたのか、全身ぐっしょりと濡《ぬ》れている。

あちこち彼を捜し回っていたヘンリー・バードウィルは、発見できたことにほっとしながらゆっくりと近づいていく。

彼が見つめる先にあるのは一つの古びた墓だ。

墓前に置かれた白いアゼリアの花は彼が供えたものに違いない。雨に打たれたせいか花びらが散り、物悲しく見える。

「ここにいたんだ」

手にしていた傘を背後からさしかけながら、ヘンリーは彼に声をかけた。傘を持つその手が小刻みに震えているのは懸命に腕を伸ばしているからだ。情けない様だが、十歳のヘンリーの背丈では仕方のないことだった。

すぐに返る反応はなく、もう一度声をかけるべきか迷っていると、ゆっくりと彼が振り返った。

雨に濡れたせいで一層色濃く見える漆黒の髪に、美しい琥珀《こはく》の瞳。そして透き通るような白い肌をした、エキゾチックな雰囲気を纏《まと》った青年。

「カグヤ」

ヘンリーは親しみをこめて彼の名を呼ぶ。

一月前。初めて出会った時も、彼はこの場所に立っていた。それまで一度も逢《あ》ったことはなかったが、ヘンリーはずっと昔からカグヤのことを知っていた。

屋敷の奥にひっそりと飾られた一枚の肖像画。そこにはバードウィル男爵家の永遠の恩人と称された二人の青年が描かれている。

一人は銀髪の美しい青年。もう一人は目の前に立っている彼、カグヤだ。

幼い頃から繰り返し二人の話を聞かされていたヘンリーにとって、彼等は英雄であり身近な存在だった。

だからカグヤに出会えたことが本当に嬉《うれ》しくて、思わず声をかけていた。そして驚く彼を強引に屋敷に連れていき、暫《しばら》く滞在することを強く望んだ。

最初は長居などできないと渋っていた彼も、ヘンリーの父親であり現バードウィル男爵でもあるデヴィットにまで懇願されては折れないわけにはいかなかったのか、一月経《た》った現在も留《とど》まってくれている。

男兄弟のいないヘンリーは、カグヤを兄のように慕い、どこへ行くにもついて回った。カグヤもそんなヘンリーを疎ましがることもなく、よく面倒を見てくれていた。

彼はとても物知りで、今まで旅してきたいろいろな国の話を聞かせてくれたり、神話や珍しい草花のことも教えてくれる。

ヘンリーはカグヤと一緒に過ごす時間が楽しくて仕方がなかった。次は何を教えてくれるのだろうと、毎日わくわくする。

今日も勉強を終えたら話をしてもらうつもりでいたのに、気がつくと屋敷の中には姿が見えず、こうして外まで捜しにきたのだ。

「私のことは気遣う必要などないとわかっているだろうに。かしなさい。それではお前のほうが濡れてしまう」

カグヤは僅かに眉根を寄せたまま傘を取り上げると、互いが濡れずに済むように身を寄せた。

「カグヤは平気だって言うけど、雨に濡れるのはよくないよ。慌ててなきゃ出る時にちゃんとカグヤの分も傘を持ってきたのに、忘れてごめんね。濡れた洋服も着替えないといけないし、早く帰ろう、カグヤ。ハンナがパイを焼いてくれたんだ。この間食べてみたいって言ってただろ」

メイドのハンナが作るリンゴのパイは絶品で、ヘンリーの大好物でもあるが、食べたら皆が虜《とりこ》になる。

　そんな特別美味《おい》しいパイが待っているのだから、カグヤも早く帰りたがるはずだと信じていたヘンリーは、あまりに楽天的すぎた。

「部屋に手紙を置いてきたんだが、まだ見ていないようだな。ヘンリー、私はこのまま国を出るつもりだ」

　硬い表情を崩さず、カグヤが静かに告げる。もうすっかり心を決めてしまっているような口調に、ヘンリーはショックを受けた。

「手紙なんて気づかなかった。どうして急に出ていくの⁉　僕はまだカグヤといたいよ。ずっといてくれてもいいのに」

　動揺した自分の姿を映した琥珀色の瞳を捉えたまま、ヘンリーはカグヤの手を握る。その手は酷《ひど》く冷たかった。

「私は禁を犯した。これ以上ここにはいられない」

「あ……」

　カグヤがどんな禁を犯したか。それに思い当たったヘンリーは、今にも泣きだしそうに顔を歪《ゆが》めた。

「グリンのことだね。僕がグリンを助けてって頼んだから……。カグヤはそんなことできないって言ったのに、僕が泣いて頼んだから」

自分を責めるヘンリーに、カグヤはそれは違うと首を振る。

「お前が友達を助けたいと思うのは当然だ。だが私は留まるべきだった。人の生死に関わるのは神にしか許されないことだ」

「でも神様は何もしてくれなかったよ。カグヤが助けてくれなきゃ、グリンは死んでた。カグヤはグリンの命の恩人なんだよ」

「それでも、だ」

いつにない強い口調で言いきるカグヤに、ヘンリーはびくっと身体《からだ》を震わせた。

ヘンリーの友人であるグリフォン・ラドフォードが、叔父《おじ》との遠乗りの最中に落馬したのは、つい昨日のことだった。脇から飛び出してきた小動物に驚いた馬が暴れだし、背から振り落とされてしまったのだ。

散歩中だったヘンリーとカグヤが遭遇したのは、真っ青な顔をしたグリフォンの叔父が地面に叩《たた》きつけられた甥《おい》に駆け寄り、怪我《けが》の具合を確かめている場面だった。

慌てて駆けつけたヘンリーが泣き声混じりに呼びかけても、グリフォンはただ苦しげに呻《うめ》くだけで、それが誰だかわかっている様子もない。

危険な状態だと判断した叔父が、救助を頼みに馬を駆っていくと、残されたヘンリーは不安で胸が張り裂けそうになり身体までが震えだした。

頭から血を流しぐったりと地面に横たわるグリフォンは、まるで壊れた人形のようで、今にも息絶えてしまいそうだった。

このままだと本当にグリフォンは死んでしまう。そう考えた瞬間堪らなくなって、ヘンリーは思わずカグヤに縋《すが》ってしまった。

――――お願いだから、グリフォンを助けてほしいと。

だけど、こんな結果は望んでいなかった。

「カグヤは助けてくれただけなのに……」

「わかっていただろう。私はお前たちとは違う」

それを否定することはできなかった。

カグヤにはグリフォンを救えるだけの力があると信じたからこそ、そう頼んだ。

最初は断固拒否していたカグヤも、結局は大泣きするヘンリーの懇願に負けて願いを叶《かな》えてくれた。そうしなければ多分グリフォンは死んでいただろう。

ヘンリーは友人を失わずに済んだことを心から感謝していたが、カグヤにとってはそれで終わる話ではなかったのだ。

なぜなら彼は、人に知られてはならない大きな秘密を抱えているから。

それは――――彼が、永遠の時を生きるヴァンパイアだということ。

目の前に立つカグヤはどこから見ても二十歳《はたち》前後の青年にしか見えないが、彼がこの世に生を受けてから優に三百年は過ぎていた。

巷《ちまた》で噂《うわさ》されているヴァンパイア像と違い、こうして日中出歩いても灰になることはなく、十字架やニンニクを恐がることもないが、人間ではない。

そんな奇異な存在であるカグヤのことを知る者は、ごく僅か。

恩人である彼を永遠に守護することを誓ったバードウィル家の直系の者たちだけが、代々語り継ぎ護《まも》ってきた秘密。

それは今まで、他に知られることはなかった。秘密を護ることは、すなわち彼を護ることでもある。

なのにヘンリーは、あの瞬間それを忘れてしまった。

「与えた血の力で、あの子の怪我は綺麗《きれい》に治るはずだ。それもありえないほど、早く。あれだけの怪我が短期間で完治すれば、誰もが不審に思うだろう。そして何故《なぜ》かと探り始める。そうなる前に私は消えなければならない」

「そんな……」

力なくヘンリーは呟《つぶや》く。

医師でもないカグヤがグリフォンの命を助けることができたのは、彼が自ら決めた禁を犯して自分の血を分け与えたからだ。

カグヤに縋った時は、ただ友人を助けたい一心で、彼がどうやってグリフォンを助けるのか想像もしていなかった。

人ではないカグヤなら、きっとグリフォンが助かる方法を知っているはずだと、その直感に賭《か》けたのだ。

それが彼の血を与えることだと知った時は驚いたが、それだけでヴァンパイア化するわけではないと聞かされ、ヘンリーはほっとした。

医師の手当てを受けたグリフォンが、どうやら危険な状態を脱したらしいと母親に知らされた時も、単純に喜んだだけだった。なんて愚かだったのだろう。運命に逆らった代償を誰が払うか、もっと早く気がつくべきだったのに。

グリフォンの異常な回復力に疑問を持たれれば、カグヤの正体に気づく者が現れないとも限らない。

瀕死の状態のグリフォンの傍《そば》にいたことは、彼の叔父に目撃されているのだ。どこから疑われるかわからなかった。

ヴァンパイアだと周りに知られれば、無事ではいられないだろう。普通人間は異端の者を許さない。徹底的に排除しようとするはずだ。

永遠の時を生きると言われているヴァンパイアも、完全に不死身なわけではない。そうなる前にカグヤがここを離れようとするのは当然のことだった。これ以上ヘンリーが引き止めれば、カグヤを危険に晒《さら》すことになる。

「でも、また逢えるよね？」

別れが辛《つら》くて、そう訊《き》かずにはいられなかった。

「私のことは忘れなさい。バードウィル家の人たちが今も昔の誓いを護ってくれているのは嬉しかったが、もう充分だ。もともと誰とも顔をあわせず去るつもりだったんだ。それがお前に出会って、思いの外長居してしまった。この指輪は男爵にお返ししてくれ。別れの挨拶もせず出ていく無礼を許してほしいと」

上衣の内側の隠しから指輪を取り出し、カグヤはヘンリーの手に握らせる。バードウィル家の紋章の入ったこの指輪は、先祖が恩人である彼に永々の守護を誓った証《あかし》として贈ったものだ。

これを返すということは、やはりカグヤの心は決まっているのだろう。もう二度とヘンリーたちの前には現れないと。

「僕があんなこと頼んだから嫌いになったんだ……」

ヘンリーは浮かんできた涙に視界がぼやけてくる。

「私がお前を嫌ったりするものか」

そう告げるカグヤの声音には、真実の響きがあった。

「だったら、また僕に逢いにきて。この墓もちゃんと護っておくから。僕は絶対にカグヤのことを忘れたりしない」

ぎゅっとカグヤの身体にしがみつき、ヘンリーは泣きながら必死で訴えた。もう二度とカグヤに逢えないなんて、絶対に嫌だった。

「……やはり私は、お前には弱いな。わかった。いつかまた必ず、お前に逢いにくると約束しよう。だからもう泣くんじゃない」

カグヤは少し困った顔でヘンリーの頬を濡らす涙を拭ってくれる。まるで体温の感じられない指が触れると冷たかったが、彼の優しさは充分に伝わってきた。

ヘンリーがさっき手渡された指輪を差し出すと、カグヤはそれを黙って受け取った。彼は約束を違《たが》えるような人ではない。約束はきっと果たされるだろう。

「カグヤ、これからどこに行くの？」

「まだ決めてはいない。とりあえず、南とだけ」

正体がバレないように各地を転々と旅して回っている彼だが、目的地が明確にあるわけではないらしい。

「また一人で？」

これまでカグヤから他のヴァンパイアの話を聞いたことはなく、誰か仲間はいないのかとヘンリーはずっと気になっていた。

「私はいつも一人だ。あの時からずっと……」

呟くように答えて、カグヤは墓のほうへ視線を向ける。その瞳には深い哀しみの色が浮かんでいた。

墓の下で眠っているのは、カグヤが誰より愛した大切な人。カグヤを仲間に加え、彼を遺して死んでしまった銀色の髪のヴァンパイア。

肖像画に描かれているカグヤの魂の片割れは、ずっと昔にこの世から完全に消え去ってしまったのだ。

棺《ひつぎ》の中には一握りの灰しか入っていないが、カグヤの瞳にはそこに横たわる恋人の姿が見えているのかもしれない。

カグヤが彼と共に過ごした時間は、百年にも満たなかったという。

他に仲間もなく、二百年以上も一人で生きてこなければならなかったカグヤの孤独は、どれほどのものだったのか。想像しただけでヘンリーは、止まったばかりの涙がまた零《こぼ》れてきそうになる。

だがどんなにカグヤを孤独から解放してやりたくても、仲間になりヴァンパイアとして生きていく勇気なんて、ヘンリーにはない。

家族や友人と離れるのは恐いし、普通でいられなくなるのも恐かった。ヘンリーにはどうしても捨てられないものが、多すぎた。

「僕はカグヤの友達だよ」

そう言うのが、今のヘンリーにできる精一杯だった。

仲間にはなれなくても、カグヤのことは大切に思っている。それが少しでも彼に伝わればいい。

「そうだな。お前は私の唯一の友達だ」

カグヤは笑ってくれたが、孤独の影は消えなかった。

だからヘンリーは、心の中で懸命に神に祈る。

カグヤにもう一度大切な人ができますように。そして今度こそ、ずっと一緒にいられますようにと。

第一章

いくつも混じりあった甘ったるい香水の匂いに、酔ってしまいそうだった。

華美に着飾った女性たちの、広がったドレスの裾をうっかり踏んでしまわないように気をつけながら、カグヤは広間の隅へと逃れる。

こんな大勢の人が集《つど》う場所は昔から得意ではなかった。それが夜会となれば尚更だ。ダンスもお喋《しゃべ》りも苦痛のタネでしかない。

カグヤがこれだけ苦手な夜会に出席したのは、客人として滞在しているバードウィル家の主催とあっては断るに断れなかったからだ。

カグヤは誰も先客がいないことを確かめてから、こっそりとテラスに出た。ようやく身体の力を抜いて楽に息を吸うことができる。

外気は冷たかったが、カグヤにとってそれは苦ではなかった。他の客だったら多分すぐにでも退散したくなっただろうが。

夜会はまだ始まったばかりで当分終わりはしないし、とりあえずここで暫く時間を潰していくことにする。

広間から軽快な音楽に混じって楽しげな笑い声が聞こえてきても、興味を引かれることはなかった。こうやって静かに外を眺めているほうが、気持ちが安らぐ。

「ヘンリーが私を一人にしないように気遣ってくれているのはわかるが、こんな賑《にぎ》やかな社交の場には、どうしても馴染《なじ》めない」

カグヤは溜《た》め息《いき》混じりに独りごちた。

今日の夜会に誘ってくれたヘンリー・バードウィルはカグヤの唯一の友人で、バードウィル男爵の後継者でもある。

必ず再び逢いにくると約束して別れた時、彼はまだ十歳の子供だった。それが今では、二十二歳の立派な青年貴族だ。しかももうすぐ美しい花嫁を迎えることになっているなんて、感慨深い。

ヘンリーの婚約話を風の便りで聞いた時、自分のために涙を流してくれた少年の顔を思い出し酷く懐かしさに駆られた。

彼と交わした約束を忘れていたわけではない。だが、それを果たすとしたらもっとずっと先のことだと思っていた。

なのに懐かしさで胸が一杯になると、もう一度あの心優しい友人の顔が見たいという気持ちを抑えきれず、気がつくとカグヤは旅支度を始めていた。

レストラーゼの北部に位置するバードウィル男爵邸を訪れたのは、五日前のことだ。

カグヤとしてはヘンリーに一目逢えれば充分で、すぐに立ち去るつもりでいたが、そうはいかなかった。久しぶりに逢ったのだからとヘンリーに懇願され、暫く滞在することを約束させられてしまったからだ。それが愚かな決断だと、頭ではわかっているのに。

ヘンリーに弱いのは、昔も今も変わらないらしい。多分それは彼が純粋に自分を慕ってくれているのを感じるからだろう。

だが同じ場所を訪れるには、十二年という年月は短すぎた。

十二年の間にすっかり大人の男へと成長を遂げたヘンリーとは対称的に、カグヤの外見に何一つ変化は見られない。まるで時が止まってしまったかのように、あの頃のままの姿を留めている。

それは彼が人間ではなく、ヴァンパイアだという証拠でもあった。

いくらカグヤが普通の人間のように装っていても、その異質さは昔の彼を知る者には誤魔化《ごまか》しようがない。

だから必然的に当時からいる屋敷の使用人たちに、これが初対面だと信じ込ませる暗示をかけることになり、使った力の分消耗した体力を取り戻すため三日も眠りについた。

これまでずっと人を操るようなことは極力避けてきたが、正体を隠すためには仕方なかった。

カグヤの正体を知れば、皆がどんな反応をするか充分にわかっている。人としてそれが当然の反応だということも。

本当はヘンリーと再会を果たした時でさえ、あの頃とまるで変わっていない姿に怯《おび》えられることや、約束自体が忘れ去られていることを覚悟していた。だがヘンリーは、ずっと待っていたと笑顔で抱き締めてくれた。

バードウィル男爵夫妻も昔と変わらず、まるで家族のような愛情をカグヤに注いでくれている。

いくら先祖の恩があるとはいっても、カグヤのような異質な存在を理解し、受け入れるのは容易なことではないだろうに。

化物と呼ばれたこともある自分を、温かく迎え入れてくれる人たちがいることが、今のカグヤの心の救いだった。

「姿が見えないから、部屋に戻ったのかと思ったよ」

ふいに聞こえてきた声に振り向くと、いつのまにかヘンリーが後ろに立っていた。昔はカグヤの腰の辺りまでしかなかった背丈も、十二年経った今では完全に追い越されてしまっている。

本当に大きくなったものだと、カグヤは目を細めた。

「少し外の空気が吸いたくなっただけだ」

「まだ誰とも踊ってないよね。カグヤが気に入るような御婦人はいなかった？　皆誘ってほしそうにしていたのに」

そのつもりで紹介してくれたのだろう。

ヘンリーは残念そうな顔をしていた。

確かにヘンリーが紹介してくれたのは魅力的な女性ばかりだったが、お喋りの相手を務めるだけで疲れてしまった。

どこの店のドレスが素敵だの、新しい宝石の色がどうだのと、どうでもいい話を笑って受け流すだけでも一苦労だ。

そのうえダンスだなんて拷問に等しい。

「言っただろう。私はダンスが苦手だと」

苦笑するカグヤに、ヘンリーはくすっと笑う。

「でも、シャーロットは貴方《あなた》と踊るつもりでいるみたいだよ」

シャーロットは今年社交界デビューしたばかりのヘンリーの妹で、夜会では淑《しと》やかに振舞っていても、実はかなり快活な少女だ。

カグヤが昔屋敷に滞在していた時はまだほんの子供だったので、彼女に当時の記憶はないらしいが、あの頃からその片鱗《へんりん》は見えていた気がする。

自分の背丈より高いテーブルの上から飛び降りてみたり、飼い猫のミルフィーを追いかけて屋敷中を走り回ったり、少しもじっとしていられない様子だった。

夜会に乗り気でないカグヤを楽しませようというのか、今日も得意なダンスの腕前を披露してくれると言っていたが、まさかそんな形でとは思っていなかった。

「妹に恥をかかせたくなければ、思い止まらせたほうがいい。私が彼女の足を踏まずに踊り終える保証はない」

「そんなのあの子は気にしないよ。やると決めたことは、なんでもやり遂げなきゃ気が済まない性格だからね」

そう言ってヘンリーは肩を竦《すく》めた。

「レディ・マデレーヌの血だな」

シャーロットの気性は約二百年前初めてカグヤをこの屋敷に招いてくれた、当時のバードウィル男爵夫人レディ・マデレーヌにそっくりで、受け継がれてきた彼女の血を感じることができる。

カグヤたちの正体がヴァンパイアだと知った後も、変わらぬ友情を誓い、心からの感謝を捧《ささ》げてくれた彼女。

今ではマデレーヌがどんな顔をしていたのかさえ朧《おぼろ》げにしか思い出せないが、酷く懐かしい気持ちになった。

「一曲だけでいいんだ。相手をしてやってくれないかな」

頑固な妹に手を焼いているポーズを取ってはいるが、ヘンリーは妹想《おも》いで、シャーロットにはとても甘い。

「それ以外選択肢はなさそうだ」

カグヤの答えに、ヘンリーはほっとした顔をする。

「じゃあ、そろそろ中に戻ろう。ここは寒いし」

カグヤはまるで平気だったが、寒そうに身を縮めたヘンリーのために、素直に応じることにした。彼を病気にするわけにはいかない。

ヘンリーに急《せ》かされるようにして広間に戻ると、楽しげに談笑している華やかな一団が目に入った。その一団はほとんどが女性ばかりで、中心にいる一人の男性を取り囲んでいるようだ。

「シャーロットを呼んでくるから、カグヤはここにいて」

「わかった」

優雅な足取りで人波の中へ消えていくヘンリーの後ろ姿を見送ると、カグヤはなんの気なしにさっきの一団へと視線を戻す。視界に被《かぶ》っていた女性が動いたからか、さっきより男性の姿がはっきりと見えた。

遠目にもわかる豪奢な夜会服は誰より目立っていたが、中身も衣裳に負けてはいない。彼の存在そのものが周りから際立っている。

なるほど。彼なら大抵の女性は夢中になるだろう。周りにいる女性たちが皆彼の気を引きたがっているのが見て取れた。

輝くばかりの金髪に、深いブルーの瞳が人目を惹《ひ》く。まるで悪魔が人間を誘惑するために造ったような、魅惑的な男。彼の誘惑を受けたら、きっと誰もが喜んで堕落する道を選ぶに違いない。

「カグヤ」

名前を呼ばれて、カグヤははっとなった。

いつのまにか、ヘンリーが戻ってきていたらしい。

「あ……シャーロットは？」

金髪の男性に気を取られていたことを誤魔化すように、こちらから先に問いかけた。するとヘンリーは大仰な溜め息を吐く。

「シャーロットは友達とのお喋りに忙しくて、今はダンスどころじゃないらしい。最近人気の素敵なお医者様の話題らしいが。後で行くからって、追い払われたよ」

苦痛の時間は、どうやら先延ばしになったようだ。

「お前も私についている必要はないんだぞ。私は一人で適当にやっているから、御婦人方と楽しんできたらいい」

「僕のことなら気にしなくていいよ。レティシアがいない時に、あまり他の御婦人方と仲良くするわけにはいかないからね」

体調を崩して今日の夜会を欠席することになった婚約者に、余計な心配をさせたくないのだろう。

カグヤはまだレティシアに逢ったことはなかったが、ヘンリーがこれだけ真心を尽くす相手なのだから、きっと素晴らしい女性なのだと思う。

「それよりカグヤ、さっきは随分熱心に向こうを見ていたけど、今度こそ誰か気に入る御婦人がいた？」

「違う。あれは……御婦人方に囲まれた男性がやけに目立っていたんで、ちょっと目がいっただけだ」

「ああ、彼か。確かに目立つね」

ヘンリーは誰のことを言っているのかすぐにわかったらしく、納得顔をしていた。

「お前と同じくらいの年齢だろう。かなりもてる男のようだな」

「どちらも当たってるけど、貴方が他人に興味を持つなんて珍しい」

言われてみれば、確かにそうだ。

知りあいならともかく、名前も知らない相手にこれだけ関心を示すなんて今まではなかったことだ。

「もしかして、彼のこと覚えてる？」

カグヤは予想もしなかった言葉に動揺する。

「私は彼に逢ったことがあるのか⁉」

あんな印象的な男、一度逢えば忘れるわけがないのだが。カグヤと違い、普通の人間は成長し、姿形が変わっていくから断定はできない。

用心しなければと、カグヤは身構えた。

「なんだ。彼を覚えていたわけじゃないんだ」

ヘンリーがこう言うからには、やはりそういう事実があったのだろう。

彼と逢っているとすれば、考えられるのは十二年前。ということは、当時の彼は当然子供だったはずだ。

まさか……。

「ちょうどいいから、紹介するよ」

「え⁉」

カグヤが驚く傍から、ヘンリーは金髪の男性に向かって声をかける。

「グリン」

親しげに名前を呼ばれた彼は、すぐに反応して視線を移すと、ヘンリーに片手をあげてみせた。そして周りの女性たちに笑顔を振り撒《ま》きながら、こちらへ向かってくる。

グリン。その名前には聞き覚えがあった。十二年前ヘンリーが泣きながら連呼していた友人の愛称だ。

カグヤが禁を犯して血を分け与えた、たった一人の人間。

彼は、あの時の子供なのか。

「ヘンリー、今日は婚約者とは違った美人を連れているじゃないか。もちろん紹介してくれるんだろうな」

悠然と歩み寄ってきた男性は、軽口混じりに笑いかけてくる。ヘンリーも笑ってそれに応じた。

「そのつもりで君を呼んだんだよ、グリン。彼はカグヤ・オルベール。母方の親戚で旅の途中で立ち寄ってくれたんだ。そして、彼はグリフォン・ラドフォード。ラドフォード侯爵の子息で、僕の親友」

紹介されている間、カグヤはにこりともせずグリフォンを凝視していた。あの時の子供が成長して、今目の前にいる。

「カグヤか。独特の響きがあって、綺麗な名前だ」

グリフォンが社交の手本のようなにこやかさで話しかけてくるが、カグヤはこの現実を受け止めることに意識を囚われていた。

カグヤの血なくしては、死ぬ運命だった彼。

大怪我を負って呻いていた彼からは、死の匂いが漂っていた。あのまま手を貸さずにいたら、確実に彼は死んでいただろう。

だけど神ではない自分が人の生死に関わるべきではなかったと、あれからずっと悔いてきた。

カグヤのしたことは、定められたグリフォンの運命を捻《ね》じ曲げる行為だ。

だが一度死にかけたことが嘘のように生命力に満ち溢《あふ》れ、ちゃんと人として生きているグリフォンを見ていると、少しだけ救われた気がする。

「な…」

ふいに瞳を覗《のぞ》き込むようにしてグリフォンの美麗な顔が近づいてきて、驚いたカグヤは短い声をあげた。

それでようやく、我に返る。

「さっきから難しい顔して、何を考えているのかと思って」

紹介された相手を目の前にして黙り込んでいたのでは、訝《いぶか》しまれても仕方なかった。考えていたのはグリフォンのことだが、それを正直に答えるわけにはいかない。

彼はあの時ほとんど意識をなくしていて、何も覚えているはずがないのだから。十二年前の出来事は、絶対に知られてはならないのだ。

「別に何も。疲れて少しぼんやりしていただけだ」

適当に返したカグヤの答えを補うように、ヘンリーがすぐ後に続いた。

「カグヤは夜会とか、こういう賑やかな場所が苦手なんだよ。今日は無理を言って出席してもらったんだ」

ヘンリーは、カグヤがグリフォンとの思いもよらぬ再会で、動揺していることに気がついたのだろう。

「じゃあ今も、逃げ出したいのを我慢してるってわけだ」

楽しげに言うグリフォンには、無礼とも取れるカグヤの態度を不快に思っている様子は見られなかった。

「賑やかなことが好きなグリンには、理解できないだろう」

ヘンリーの言葉に、グリフォンは心外だという顔をする。

「そんなことはない。俺だって時には夜会から逃げ出したくなることもあるさ」

「それは、君の情人たちが言い争っている時じゃないのか？」

「当たりだ、ヘンリー。よくわかったな」

「誰だってわかるよ。それくらい」

グリフォンは複数の情人がいることを隠す気はないらしかった。だからヘンリーも、こんな軽口を言えるのだ。

二人は幼い頃から共に遊んだ親友なだけあって、交わす会話にもまったく遠慮がない。友人と呼べるような相手はヘンリー一人しかいないカグヤは、少しだけ彼らの関係を羨ましく感じた。

「カグヤはいつまでここに滞在する予定なんだ？」

グリフォンのサファイアのような深いブルーの瞳が向けられる。

「まだ、決めてはいない」

あまり彼に興味を持たれたくないと思いながら素っ気なく答えたカグヤだったが、グリフォンはまたしても故意に顔を近づけてきた。

今度はいったいなんのつもりだ？

眉間に皺《しわ》を寄せるカグヤに、グリフォンは思案げな表情を見せる。

「……今更だが、前にどこかで逢ったことがないか？」

一瞬、止まるはずのない心臓が止まった気がした。

まさか彼は覚えているのか⁉

「それはないと思うな。カグヤは今回初めてレストラーゼに来てくれたんだ。君と逢うのも初めてのはずだよ。ね、カグヤ」

カグヤの胸中を察したのか、ヘンリーが慌てて助け船を出してくる。

多分ヘンリーも、グリフォンが僅かでもカグヤの記憶を残しているとは思っていなかったに違いない。

そうでなければ、いくらなんでもこれ程気軽に紹介などできないはずだ。

カグヤは冷静になれと自分を叱咤《しった》しながら頷《うなず》いた。

「ああ。これが初対面だ」

「そうか。じゃあ、俺の思い違いなんだろう」

呆気《あっけ》なく引き下がったグリフォンに、カグヤはほっとする。ふいに気になった程度のことだったのだろう。だが、グリフォンが自分にとって危険な存在だということには変わりはない。

もし本当に何か覚えているのなら暗示をかけるしかないが、できればそんなことはしたくなかった。

人を操ることも嫌だが、力を使えば代償が伴う。それがカグヤには恐かった。消耗した体力を補う一番の方法は、眠ることではないのだ。

これ以上彼とは一緒にいないほうがいい。

カグヤが何か理由をつけてグリフォンから離れようと考えていると、運よくその理由が向こうからやってきた。

「シャーロット」

すぐに気づいたヘンリーが声をかけた。

「お待たせしてごめんなさい」

赤茶の髪を綺麗に結い上げたシャーロットは、愛らしい仕草で詫《わ》びる。ようやく友人とのお喋りも一段落して、ダンスを踊る気になったらしい。

「まぁ、グリフォン様もご一緒でしたのね」

「カグヤを紹介してもらっていたんだ」

「エキゾチックで、不思議な魅力がある方でしょう」

「ああ。とても心惹かれる」

聞き流せずにわざと逸《そ》らしていた視線を戻すと、グリフォンと目があった。彼は唇の端をくっとあげて、誘うような笑みを向けてくる。

私をからかっているのか⁉

カグヤはグリフォンの真意がわからず、心が波立った。

「私たちこれからダンスをいたしますの」

ふふっと笑って、シャーロットが得意げに言う。

そしてすぐに、カグヤに同意を求めてきた。

「カグヤ様、私をダンスに誘ってくださるのでしょう？」

こういう時は、男性の方からきちんと申し込むのが礼儀だと、シャーロットは遠回しに催促しているのだ。

「もちろん」

カグヤは、即答で返した。

　ダンスはできれば避けたかったが、そうもいってはいられない。今一番優先すべきなのはグリフォンから離れることだった。

「私と踊っていただけますか」

　カグヤが慇懃《いんぎん》に申し込みの挨拶をすると、シャーロットは顔を綻ばせる。

「喜んで」

　彼女が差し出してきた手を取り、カグヤはダンスを踊るためにその場を離れた。なのにグリフォンの視線は追ってくる。

　カグヤは妙な息苦しさを感じながら、音楽にあわせて踊り始めた。シャーロットは自慢するだけあって、とても軽やかにステップを踏む。カグヤも彼女に恥をかかさなくて済むように、意識を集中しようと努めた。

　その甲斐《かい》あってか、いつのまにかグリフォンの視線も感じなくなり、カグヤは内心安堵《あんど》の息を吐いた。

　そんな中周囲の騒めきが伝わってくる。いったい何が起こったのかとカグヤが怪訝《けげん》に思っていると、シャーロットがそっと告げてきた。

「グリフォン様のお出ましですわ」

　巡らせた視線の先に、手のこんだ刺繍《ししゅう》の施されたドレスを身に纏った美しい女性と、優雅に円舞曲《ワルツ》を踊るグリフォンの姿があった。

ぴんと伸びた背筋。しなやかに動く手足。回転する度に揺れる長い黄金の髪。周りは皆彼の一挙手一投足に目を奪われ、感嘆の溜め息を漏らしている。

だがグリフォンは、そうやって注目されることに慣れているのか、周りを気にした様子もない。

「イタ…っ」

シャーロットのあげた短い悲鳴に、カグヤは意識を引き戻された。あれだけ気をつけていたはずなのに、とうとう彼女の足を踏んでしまったのだ。

グリフォンに気を取られていたことが原因なのは、顕らかだった。どうしてこうも彼を意識してしまうのか、自分でもよくわからない。グリフォンが唯一自分の血を与えた人間だからなのだろうか。

「すまない、シャーロット。大丈夫か⁉」

「心配なさらないで。これくらい平気です」

シャーロットは何事もなかったように、にこやかな顔でステップを踏み続ける。やはりレディ・マデレーヌの血を引く娘だと、カグヤは口許《くちもと》を綻ばせた。マデレーヌと踊った記憶はなかったが、きっとこんな感じだったに違いない。

いずれは嫁してバードウィル家を離れていくシャーロットは、カグヤの正体を知らされていないが、このまま何も知らずにいてはしいと願う。

　意識をシャーロットに向けたせいか、それからのカグヤは失態を晒すことはなく、なんとか一曲を踊り終えた。

「恥をかかせてすまなかった。やはり私は、ダンスには向いていないようだ」

「そんなことありませんわ。とても素敵でした。できればもう一曲……」

　すっかりその気のシャーロットの台詞《せりふ》を、カグヤは急いで遮る。

「それはできない。少し頭が痛むし、私はこれで部屋に引き上げるつもりだ。ヘンリーにもそう伝えておいてくれないか」

　グリフォンとこれ以上の接触を避けるためには、もうそれしかなかった。ヘンリーへの伝言を頼んだのも、理由は同じだ。

「まぁ、大丈夫ですの⁉」

　途端に心配げな顔つきになったシャーロットに罪悪感を覚えながらも、カグヤはもっともらしい答えを口にする。

「心配はいらない。旅の疲れがまだ取れていないだけだ。横になっていれば、じきに治るだろう」

「それならよろしいのですが。何かあれば、遠慮なく仰《おつしや》ってくださいね」

　優しく気遣ってくれるシャーロットに礼を言い、カグヤは彼女を残して足早に広間を退出していった。

「もう部屋に引き上げるのか?」

突然背後から腕を摑《つか》まれた時は、身体が凍りついた。

振り返るまでもなく、それが誰かということは明白だ。この甘く響く艶やかな声もグリフォン・ラドフォードの魅力の一つなのだ。

広間を離れ、これで安心だと気を抜いていたのが悪かったのか、こんなに近づかれるまで気配を感じることもできなかった。

彼はいったい、何を思って追いかけてきたのか。

「少し頭が痛むので、部屋で横になることにしたんだ」

カグヤはぎこちない動きで振り向き、シャーロットに告げたのと同じ理由を口にする。グリフォンはその言葉を信じたのか、口許に浮かんでいた笑みをすっと消した。

「医者は呼ばなくてもいいのか?」

神妙な顔つきで、グリフォンが訊いてくる。

それにカグヤは口早に答えた。

「そこまで酷いわけじゃない」

医師など呼べるはずがなかった。見かけは普通の人間とほとんど変わりはないが、診察を受ければ異質なことに気づかれてしまう。

「それより、私に何か用なのか？」

「急いで広間から出ていくから、気になったんだ」

好奇心に駆られたのか、心配してくれたのかはわからないが、どちらにしてもカグヤにとっては迷惑でしかない。

「心配させたのなら悪かった。私はこれから部屋に引き上げるだけだし、もう気にしないでくれ」

カグヤは素っ気なく告げて、摑まれたままの腕を取り戻そうとするが、グリフォンはそれを許さなかった。

「そういうわけにはいかない。あまり顔色もよくないし、途中で倒れたりしないように部屋まで俺が運んでいこう」

「な、何を馬鹿な……」

とんでもないことを言いだしたグリフォンにカグヤは驚愕《きょうがく》するが、次の瞬間には彼の腕に抱き抱えられていた。

もうグリフォンとは接触しないつもりだったのに、これではいったいなんのために夜会を途中で抜け出してきたのかわからない。

「今すぐ下ろせ」

「駄目だ。おとなしくしていないと、舌を噛《か》むぞ」

カグヤの抵抗など軽く無視して、グリフォンは早足で歩き始める。この屋敷の中を熟知しているらしい彼は、迷うことなく客間のある西棟へと向かっていた。

それに気づいたメイドが何事かと駆け寄ってきても、グリフォンは足を止めることなくカグヤの部屋まで案内を頼む。具合の悪いカグヤを運んでいるのだと匂わされ、メイドは慌てて先導に立った。

子供でもないのにこんなふうに抱いて運ばれるなんて屈辱的だったが、人目のあるところで騒げば大事になってしまう。これ以上目立つのを避けるためにも、今は我慢するしか術《すべ》がなかった。

「こちらのお部屋です」

グリフォンはメイドが扉を開けるのを待って、カグヤを抱いたまま部屋に入る。そしてすぐにメイドに命じた。

「あとは俺がついているから、お前はもう下がっていいよ」

主人の客からこう言われては、使用人は従うしかない。そうでなくても、グリフォンは笑顔一つで相手を操れそうだ。

「では、何かありましたら御呼びください」

メイドは軽く御辞儀をして、静かに部屋から退いていった。頬が赤くなっていたのは、やはりグリフォンに微笑《ほほえ》みかけられたせいだろう。

「もういいだろう。下ろしてくれ」

カグヤは不機嫌なことを隠しもせず、口早に訴えた。グリフォンはわかったと応じながらも、そのまま足を進める。

自力でなんとか下りようと藻掻《もが》いているうちに、カグヤの身体は柔らかなベッドの上に横たえられた。

「そんなに嫌だったのか？」

睨《にら》むカグヤに、ベットの脇に腰かけたグリフォンは苦笑を浮かべる。

「当たり前だ。私は子供ではない」

「別に子供扱いしたわけじゃない。カグヤは色事に疎いんだな」

「どういう意味だ⁉」

確かに色事に疎いという自覚はカグヤにもあるが、それを今この状況で指摘される理由はわからなかった。

「つまり、こういうこと」

カグヤの頭の両脇に手をついたグリフォンは、いきなり唇を奪ってきた。重なった唇の熱さに身体が震える。どうしてもっと警戒しなかったのかと、カグヤは自分の迂闊《うかつ》さを呪《のろ》いたくなった。

「……っ……」

唇をきつく引き結び舌の侵入を拒みながら、カグヤは必死でグリフォンを押し退《の》けようとした。

だが彼は更に身体を密着させてきて、抵抗を封じにかかる。酷い焦りを感じていると、突然唇が解放された。

「痛っ」

短い声をあげたグリフォンは、顔を顰《しか》めて左の耳を手で押さえていた。甘く誘うような血の匂いがする。

なんて甘い匂いだ……。

無意識にごくりと喉が鳴る。

久しぶりに嗅《か》いだ新鮮な血の匂いに思わず吸い寄せられそうになるのを、カグヤはぐっと堪《こら》えた。こんなことで、血の誘惑に負けるわけにはいかなかった。

多分グリフォンは耳を負傷したのだろう。逃れようと必死だったから、気づかぬうちに引っ掻《か》いてしまったのかもしれない。カグヤはそう思っていたが、どうやら犯人は別にいたらしい。

「キキーッ」

掌《てのひら》サイズの小さな白い猿が、カグヤのすぐ脇で奇声を発しながらグリフォンを威嚇していた。ルクラという珍しい種類のこの猿は、リスザルに似た愛らしい姿をしているが、見た目と違ってとても攻撃的なところがある。

野性の猿が侵入してきたのなら驚くところだが、目の前にいるのは『モモ』と名づけたカグヤのペットだった。

カグヤが夜会に出ている間、部屋で留守番をさせていたのだが、戻ってきた主人の危機を察して攻撃に出たのだろう。

それで助かったのは事実だが、ここで止めておかなければ面倒なことになる。特に、グリフォンが出血している現状では。

「モモ」

カグヤは急いで手を伸ばし、まだ殺気だっているモモを掌に載せた。そしてグリフォンから遠ざけながら、上体を起こす。

グリフォンの傷ついた左の耳からは鮮血が滴り落ち、豪奢な夜会服に赤い染みを作った。その様子を瞳で追っていたカグヤは、一層落ち着かない気分になるが、それを誤魔化すように彼を睨む。

「この子が怪我をさせたことは謝る。すまなかった。だが、お前が私に不埒《ふらち》なことをしかけ

なければ、痛い思いをせずに済んだんだ」

「不埒なことじゃなくて、気持ちいいことだろ。この白いおチビさんには、それがわからなかったらしい」

グリフォンは自分に怪我を負わせたモモに腹を立てる様子もなく、カグヤの瞳を捉えたまま意味深に唇を舐《な》めてみせた。

カグヤは先刻押しつけられた唇の熱さを思い出し、身体の奥が騒つく。あんなことは、二度とさせてはならない。

「情事を愉《たの》しみたいのなら、相手はいくらでもいるだろう」

彼がぱちんと指を鳴らすだけで、嬉々として飛んでくる華やかな社交界の蝶《ちょう》は、数多《あまた》いるはずだ。

同性の情人を持つことも、貴族の間では秘かな遊びの一つとして認知されている。それこそ選び放題だろう。

とにかく他を探せと冷たく拒絶するカグヤに、グリフォンは不敵に口の端をあげる。

「俺はカグヤがいい」

「ふざけるな」

「ふざけてなんてないさ。俺が今欲しいのは、カグヤだけだ」

いかにも遊びに長《た》けた男が口にしそうな台詞だった。今欲しいのはカグヤでも、次の瞬間には別の相手が欲しくなるに違いない。ようするにちょっと気に入った相手なら、誰でもいいのだ。

「そんな戯言《ざれごと》にはつきあいきれない。いいから、もう出ていってくれ。私は、頭が痛むと言ったはずだ」

一刻も早く目の前から消えてほしくて、邪険に言い放つ。

こうしている間にも、グリフォンから漂ってくる血の匂いが、普段は抑制しているカグヤの本能を刺激し続けていた。

今まで嗅いだこともないような、甘い、甘い血の匂い。この匂いには、抗《あらが》い難い何かを感じる。

昔彼を助けた時にも、果たしてこんな匂いがしていただろうか？

覚えているのは、強い死の匂いだけだ。

「夜会を抜け出す口実かと思っていたんだが……そういえば、肌がやけに冷たかったな。寒くはないのか？」

「人より体温が低いだけだ。放っておいてくれ」

触れて確認しようとするグリフォンの手から逃れ、カグヤは素早くベッドの端へと移動した。それでも諦め悪く追ってくる手を、今度は奇声が制す。

「キキキーッ」

歯を剝《む》いて威嚇するモモは、今にもグリフォンに飛びかかりそうだった。

どうやらモモも、いつもより気が昂《たか》ぶっているようだ。グリフォンの血の匂いに、影響されているのだろう。

カグヤは宥《なだ》めるように、その背を優しく撫《な》でた。

抑えがきかなくなれば、最悪な事態にもなりかねない。そう危惧《きぐ》していたが、再び邪魔されたことで、グリフォンの気は削がれたらしい。

「わかった。わかった。もうここまでにする。今度は、確実に顔を狙《ねら》われそうだからな。口説くのは、カグヤが元気になってからにするとしよう」

降参だとばかりに両手をあげたものの、反省の色はまったく見られないグリフォンに、カグヤはイラつく。

「私が迷惑しているとは、思わないのか?」

「手厳しいな。だが俺は、欲しいものは必ず手に入れる主義だ。カグヤもきっとそうしてみせる」

愛され慣れた男は、どこまでも自信家だった。

実際今までは、彼から誘われて堕《お》ちない相手などいなかったのだろう。だからといって、カグヤも同じだと思われるのは業腹だ。

「勝手に言っていればいい。私は、もう寝る。お前も早く、傷の手当てをしたらどうだ」

くるりと背を向けて横たわり、カグヤは全身でグリフォンを拒絶する。くくっと愉しげに笑う彼の気配を背後に感じたが、振り返りはしなかった。

もう何を話しかけられても、応《こた》える気はない。そんなカグヤの頑《かたく》なな心情が、グリフォンにも伝わったのだろう。

「このくらいの傷、手当てなどいらないが。折角カグヤが気にしてくれたんだし、言うことをきいておくよ。続きは、また今度」

悪怯《わるび》れもせずそう言い置くと、グリフォンはベッドの傍から離れ、悠然とした足取りで部屋を出ていった。

彼の気配が近辺から完全に消えたことを確かめ、カグヤはゆっくりと身を起こした。グリフォンがまだ自分を口説くつもりでいることに、気が滅入る。

それでもグリフォンが去ったことで、カグヤを惑わせていた甘い血の匂いは微かなものになり、ようやくほっと息を吐いた。

残り香も消すために窓を開け放ち、冷えた外気を吸い込む。

グリフォンとはもう逢わずに済むように、ヘンリーと話をしておいたほうがいいだろう。昔のことを覚えていないにしても、彼は危険な存在だ。

ここにいる間は、できるだけ平穏に暮らしたかった。そのためにもグリフォンを自分から遠ざけておく必要がある。

何人もの情人を持ち、情事の相手に事欠かないグリフォンのことだから、カグヤ一人堕とせなかったところで大したダメージにはならないはずだ。

黙って立っているだけで、甘い蜜に誘われるように蝶たちが集まってくる。

「キキッ。キキ、キーッ、キッキキキッ」

カグヤの左肩目がけて一気に駆け上がってきたモモが、耳許で騒ぎ始めた。普通の人間にはただの鳴き声にしか聞こえなくても、カグヤの耳にはちゃんと、意味をなした言葉として届く。

『カグヤ。あいつ誰？　見たことない奴だった』

そう、言っているのだ。

「あの男が、グリフォンだ。前に話したことがあるだろう。ヘンリーの友人で、私が血を分け与えた子供。まさか今日ここで、再会するとはな」

こんなことなら苦手な夜会になど顔を出さず、部屋に閉じ籠もっておけばよかった。今更な後悔に、カグヤは深い溜め息を吐く。

グリフォンはヘンリーの親友なのだから、暫くここに滞在する以上、いずれは顔をあわせることもあると、予測しておくべきだったのに。

自分の犯した罪を思い出すのが辛くて、彼の存在ごと記憶の底に沈めて過ごしてきたせいで、カグヤはいつもの慎重さを欠いていた。

『あいつもモモみたいに、仲間にするの？』

嫌そうに訊いてくるモモに、カグヤはとんでもないと首を振る。

「まさか。お前の場合は事故みたいなものだ。私は誰も仲間にするつもりはない」

モモのことだって、結果的にそうなってしまっただけで、望んだわけではない。

五年前、偶発的に遭遇した落石事故により怪我を負ったカグヤは、流した血を補うために少し長めの眠りに就いたが、隠れ場所として選んだ廃墟に先客がいたのは誤算だった。廃墟の中を遊び場にしていたモモが、戸棚の奥に隠れていたのだ。

それを知らず、侵入者避《よ》けに出入り口をすべて塞いだため、モモはエサを探しに行くこともできなくなった。食べ物も飲み物も何一つない状況で閉じ込められていれば、いずれは飢えて死んでしまう。

それでもモモが生き延びたのは、水の代わりに舐めたカグヤの血が、飢えを満たしてくれることに気づいたからだ。

怪我による出血が完全に止まった後も、小さなモモの胃袋を満足させるには、指をほんの一嚙みすればいい。

思っていた以上に衰弱していたせいか、カグヤの眠りは予想より長引き、ようやく目を醒《さ》ました時には二年の歳月が過ぎていた。そして、その頃にはもう、モモの身体は普通のエサを受けつけなくなっていた。

一度や二度ならともかく、二年もの間カグヤの血を摂取し続けたことで、モモもヴァンパイアと化してしまったのだ。

ヴァンパイアの血は少しだけなら薬にもなるが、繰り返し摂《と》り続ければ毒になる。その毒は拒絶反応を引き起こし、死を招くとされていた。だが身体の小さなモモはその分順応が早く、生き延びるため自然と変化を受け入れたのかもしれなかった。

でもそれが幸いだったとは、とても言えない。

何度自分の迂闊さを詰《なじ》ったことか。

カグヤのせいで、普通に生きることも死ぬこともできなくなったモモ。そのまま放り出すこともできず、あれからずっと一緒に過ごしてきた。

今ではモモの存在に随分と助けられているが、だからといって他に仲間を増やそうという気には、とてもならない。もう誰の運命も変えたくはなかった。

『あいつ嫌い。カグヤを虐《いじ》める』

「あれは虐めていたというか……」

欲情していたのだと説明するのは憚《はばか》られ、カグヤは思わず口籠もるが、モモは気にした様子もない。

『でも、血は美味しそう』

「駄目だぞ。誓いを忘れたのか？」

きつい口調で釘《くぎ》を刺すと、モモは小さな身体を肩の上で跳ねさせた。

『忘れてないよ。誓いは絶対。モモ、ちゃんと護る。カグヤの血のほうが、きっとずっと、美味しいもん』

「それならいいが」

一緒に連れていくと決めた時、モモと誓いを交わした。

――血を摂るのはカグヤからだけ。

その誓いが護れなければ、モモとは一緒にいられない。

無闇に人間や動物を襲うようになれば、本当に化物になってしまう。そんなモモの姿を見るのはとても堪えられなかった。

カグヤの血だけで生き延びたモモには、この血が一番のご馳走《ちそう》らしく、今のところ誓いは破られずにいる。

だが、先の保証があるわけではない。

『カグヤ、明日は留守番なし？』

「ああ、夜会もないしな。今日は置いていって悪かった」

大勢客が集まる場所にモモを連れていけば、悪目立ちすることは明白だ。モモは行きたがっていたが、置いていくしかなかった。

『明日はモモ、森に行きたい』

「森に？」

『探険、探険。宝物あるかも』

くるくると長い尻尾《しっぽ》を回しながら、モモが愉しげに言う。カグヤにとってはなんの変哲もない森でも、モモにとっては格好の遊び場なのだ。

ここに来てから、すぐにカグヤが眠りに就いたり、留守番させられたりと、自由に動き回れないことで鬱憤が溜まっているのだろう。

「わかった。明日は森の探険だな」

『やった。ワクワクする』

素直に喜べるモモが、カグヤには羨ましかった。

期待に胸を膨らませたり、些細《ささい》な出来事に心躍らせたり。昔は普通にできたことが、今のカグヤには難しい。

カグヤの心は、魂の片割れを亡くした時に歪《いびつ》に欠けてしまった。

そして誰とも深く関わらず、心揺らすこともない独りの生活は、更にカグヤの感情を封じていった。そうすれば楽に生きられたから。

だが、ヘンリーたちと接していると、そんな自分の歪さが嫌になることがある。曇りのない愛情を向けられても、上手く応えることができない自分がもどかしかった。

封じた感情が解放される日がくるのか、それは自分でもわからない。望んでいるのか、恐れているのか、それすらも。

だが、こんなことを考えてしまうのは、カグヤの中に何か変化が起きようとしている兆しなのかもしれなかった。

第二章

厩舎《きゅうしゃ》に向かったグリフォンは、馬車小屋の前で馬番のハンスに出くわした。

グリフォンと目があうと陽《ひ》に焼けた浅黒い顔で嬉しげに笑いかけてきた彼は、グリフォンが生まれる前からラドフォード家に仕えている忠義に厚い男だ。そして自分の子供を持てなかったこともあり、昔からグリフォンには殊更甘い。

「坊ちゃん。今日もお出かけなさるんですか？　誰かに言いつけてくだされば、表に馬車を回しておきましたのに」

「いや、今日はルシャールに乗っていくつもりだ。遠乗りにはもってこいの晴天だろ」

グリフォンはハンスに親しみをこめて笑い返し、それから厩舎へと視線を向けた。中には多くの馬がいるが、その中でもルシャールは特別だった。栗色《くりいろ》の艶やかな毛並みは美しく、まるで羽がはえているかのように速く走る。

グリフォン自慢の愛馬だ。

「お一人でですか？　誰かお連れになっては」

ハンスの口調は、いかにもそうしてほしいと言いたげだった。

「一人の方が気楽でいい。ちょっとヘンリーのところに寄るだけだ。子供の頃のように無茶はしないさ」

心配顔のハンスになんの問題もないと示すため、グリフォンは明るく告げる。

子供の頃落馬して大怪我を負ったことを、ラドフォード家の者は皆、いつまで経っても忘れてはくれない。心配してくれるのはありがたいが、もう子供ではないのだからいい加減放っておいてほしかった。

「おや。またヘンリー坊ちゃんのところにお行きなさるんで。ヘンリー坊ちゃんが御結婚なされる前に、目一杯遊んでおこうということですか」

「まぁ、そんなところだ」

曖昧に答えて、グリフォンは止めていた足を動かした。ついてこようとするハンスをやんわり手で制し、馬車小屋の隣に建てられた厩舎に入っていく。

「今日の機嫌はどうだ？　ルシャール」

グリフォンが声をかけると、ルシャールは一声嘶《いなな》いて応じた。グリフォンを歓待していることが、一目でわかる。

事故に遭ってから、恐怖にかられ馬に乗ることができない時期もあったが、それをなんとか克服してからは、乗馬はグリフォンの一番の愉しみとなった。

ルシャールはよき相棒だ。

「お前は本当に美しいな」

ルシャールの背の隆起を優しく撫でながら、グリフォンは賛美の言葉を口にする。

グリフォンは昔から美しいものが好きだった。人でも物でも、美しいものを目にすると、触れずにはいられない。そして、次には欲しくなる。

グリフォンが大勢の美しい女性たちや、時には麗しい青年たちの間を次々と渡り歩くのには、そこに理由の一端があった。

「実は、どうしても手に入れたい人がいるんだが、これが手強い相手なんだ。一見儚《はかな》げに見えるのに、強情で一筋縄ではいかない。この俺が四日もかけて堕とせないなんて、信じられるか？　ルシャール」

あの夜会の翌日から、グリフォンは連日バードウィル邸を訪れていた。昨日迄《まで》で四日。四日も通っているのに、まだ目的は果たせていない。

ハンスはグリフォンが最近足繁くバードウィル邸に通っている理由を、もうすぐヘンリーが結婚するからだと思っていたが、真実を知ったら大いに呆《あき》れることだろう。

グリフォンの目的はただ一つ、カグヤを口説き堕とすこと。

なのにカグヤがグリフォンに逢うことを避けているのは明白で、頭が痛いとか、気分が優れないとか、そんなもっともらしい理由をつけて、グリフォンが屋敷にいる間は自室にずっと閉じ籠もり、ちらりと顔を見せることもなかった。

これでは口説くことなど到底できない。それ以前の問題だった。

いつもはグリフォンの恋愛事には協力的なヘンリーも、今回ばかりは手を貸すつもりはないらしい。

それどころかグリフォンがカグヤを口説こうとしていることを知ると、軽い気持ちで彼に近づくなと、やけに神妙な顔で釘まで刺された。ヘンリーは余程カグヤを人切に思っているのだろう。

だが門前払いをされないのをいいことに、グリフォンはバードウィル邸を訪れるのをやめなかった。

譬《たと》えカグヤに逢うことはできなくても、グリフォンの存在を意識させることはできる。

男爵夫妻やシャーロットは、グリフォンを歓待してくれていたし、ヘンリーが独身のうちにもっと親交を深めておきたいという言い訳を、疑ってもいない。

ヘンリーだけは困った顔をしているが、グリフォンの性格を知っているだけに、止めても無駄だと半ば諦めているようだ。

カグヤにも宣言したとおり、グリフォンは欲しいものは必ず手に入れる主義だった。

実際今まではそうしてきたし、人でも、物でも、これまで望んで手に入らなかったものはない。

グリフォンが一言欲しいと漏らせば、皆が先を争って贈りたがったし、甘い言葉を耳許で囁《ささや》くだけで、どんな相手もすぐに腕の中に堕ちてきた。

だが、あまりにも簡単すぎて、グリフォンは些《いささ》か退屈していた。

カグヤのように手強《てごわ》い相手は初めてで、思うようにならないのが腹立たしくもあるが、それを愉しんでいる自分もいる。

カグヤは避け続けていれば、そのうちグリフォンが諦めるとでも思っているのだろうが、そんなつもりは毛頭なかった。

簡単に堕ちないからこそ、堕とし甲斐があるというものだ。

「その人の名前は、カグヤというんだ。この間の夜会で初めて逢った。なのに……その時彼に懐かしさを感じたんだ。変だろう？」

ルシャールに語りかけながら、グリフォンはヘンリーからカグヤを紹介された時のことを振り返る。

あの時感じたのは、確かに懐かしさだった。初めて逢ったはずなのに、ずっと前から知っていたような、不思議な感じ。

だから、前にどこかで逢っているかもしれないという疑念を否定された時、正直グリフォンは内心がっかりしていた。

もちろんそんなことは、誰にも悟らせなかったが。

漆黒の髪も琥珀の瞳も、グリフォンの一番の好みとは言い難いし、彼より美しい人間なら何人も知っている。なのにどうしても、カグヤのことが気になって仕方がなかった。

彼が傍にいると落ち着かない気分になり、離れていても彼の姿を目で追いかけずにはいられない。

カグヤがまるで逃げるように広間から消えた時は、自然と足が動いていた。彼を追いかけるのは当然だと思えたし、もっと彼を知りたかった。だから嫌がる彼を強引に抱き上げ、部屋まで運んだ。

カグヤに触れているだけで身体は熱くなり、口づけた瞬間には身体中の血が騒つくのを感じた。

あそこで邪魔が入らなければ、無理にでも彼を抱いていただろう。嫌がる相手に無理強いしたことなど、今まで一度たりともないというのに。

そこまでカグヤに惹きつけられる理由を、グリフォンは知りたかった。そのためにも、ここで諦めるわけにはいかない。

「じっと待つのにも飽きてきたし、そろそろ本気を出すとするか。今日こそカグヤを部屋から引っ張り出すぞ」

カグヤが出てこないのなら、出てこさせればいい。そう決めたグリフォンを応援するかのごとく、ルシャールが嘶いた。

そろそろグリフォンが現れる時刻だ。

カグヤはサロンのカウチからそっと立ち上がり、のんびりと茶の時間を愉しんでいる男爵夫人――レディ・フランティーナに退出の許可を求めた。

「まぁ、もう部屋に引き上げてしまわれるの？」

「すみません。まだあまり体調が優れないもので」

「そう。旅の疲れがとれていないのかもしれないわね。早くよくなるといいのだけど」

本気で心配してくれているフランティーナに心苦しさを感じながらも、カグヤは曖昧な笑みを返し、サロンを後にする。

カグヤが早々に自室に引き上げるのは、体調が優れないからではなく、グリフォンに逢うのを避けるためだ。

カグヤを手に入れるという宣言を実行するためか、グリフォンは連日バードウィル邸を訪ねてくる。

昨日迄で四日。そろそろ諦めてもいい頃だと思うが、油断はできない。

ヘンリーには、もうグリフォンとは逢いたくないとはっきり伝えてあったが、優しい彼の性格では強引に押しかけてくるグリフォンを追い返せるわけがなかった。結局は自衛する他ないのだ。

『あいつが来ると、遊べない』

定位置であるカグヤの左肩にちょこんと乗っているモモが、拗《す》ねたように言う。

森に探険に行く予定も潰れてしまい、連日自由を制限されているせいで、尚のこと鬱憤が溜まっているらしい。

そのためモモは、グリフォンのことを天敵と見做《みな》しているようだ。

「私のことは気にせず、お前は外で遊んでくればいいいと、何度も言っているだろう」

自室へと続く長い廊下を歩きながら、カグヤは声を潜めて返した。周りには誰もいないがやはり注意は必要だ。

『駄目。モモは、カグヤといるの』

血の契約を結んでいるせいか、モモはカグヤにつき従うのが務めだと認識していて、あまり傍を離れたがらない。

「庭に気に入りの場所を見つけたと、言っていたじゃないか。どうせ私は部屋で本を読むだけだ。行ってきたらいい」

モモは少し迷う素振りを見せたが、やはり我慢できなかったのだろう。

『じゃあね、ちょっとだけ』

ぴょんと跳ねて床に降り、いってきますと可愛《かわい》く尻尾を振ると、開いた窓から外へと飛び出していった。

モモの機嫌も、これで少しはなおるだろう。

「グリフォンが帰ったら、私も庭に出てみるか」

カグヤは窓の外へと視線を走らせ、ぼそりと独りごちた。ずっと部屋に閉じ籠もっていると、新鮮な外の空気を吸いたくなる。

ヘンリーは男爵の御供で出かけていたし、シャーロットは家庭教師と勉強中だ。グリフォンが訪ねてきたところで、相手をするのはフランティーナしかいない。多分グリフォンは、そう長居をせずに引き上げていくはずだ。

そうすれば、カグヤも部屋に閉じ籠もっている必要はなくなる。

カグヤは少し気持ちが軽くなった気がして、口許に微かな笑みを浮かべた。

これでグリフォンが来なければもっと安心できるのだが、やはり期待しすぎるのはよくないだろう。今はとにかく、彼に逢わないようにしなければ。

カグヤは自室が近づいてきたことに気づくと、歩く速度を速めて素早くドアノブに手をかけた。

だが、ノブを回すより先に内側から勢いよくドアが引かれ、突然のことにバランスを崩したカグヤは、前のめりに倒れ込む。

「……っ……」

そのまま転倒してしまうかと思ったが、誰かに抱き留められ難を逃れた。だが、ほっとするのは早かった。

「驚かせたか？」

からかうような声に、カグヤは身体をぴくっと反応させる。ここにいるはずのない相手の名が、頭に浮かぶ。

「グリフォン⁉」

まさかと思いながら顔をあげると、魅惑的な笑みを浮かべたグリフォンと目があった。

「ここで何をしているんだ⁉」

刺々しいカグヤの詰問にも、グリフォンは悪怯れた様子もない。それどころか、そんなことを訊かれるほうが心外だとでも言いたげだ。

「何をって、カグヤを待っていたに決まっている」

「お前がここにいることを、レディ・フランティーナはご存じなのか⁉」

フランティーナに欺かれていたのかと、カグヤは一瞬訝しんだが、グリフォンがすぐに種明かしを始める。

「いや。今日こそカグヤに逃げられたくなかったんで、俺が来たことは誰にも報《しら》せないように、使用人たちには口止めしておいた」

客の来訪を主人に報せないなんて、本来ありえないことだ。こういう勝手なことが許されるのも、グリフォンだからこそだろう。

カグヤがサロンでレディ・フランティーナの話し相手を務めている間に、グリフォンはまんまと部屋に入り込み、待ち伏せていたのだ。

「いったい、いつからここにいたんだ」

「三十分はいたんじゃないか？」

あまりにも軽い返しに、カグヤは眉間の皺を深くした。

「侯爵家の跡取りならば、学ぶべきことも、日々の務めもあるだろうに。時間の無駄としか言いようがないな」

「無駄じゃないさ。これも学ぶべきことの一つだ」

「馬鹿な…」

カグヤが口を開く傍から、グリフォンが畳みかけてくる。

「それにもとはといえば、カグヤが口実を使ってまで俺を避けようとするから、いらぬ時間を費やすことになったんだぞ」

グリフォンの主張だと、まるでカグヤが悪者のようだ。

どうして自分が責められなければならないんだと、カグヤはグリフォンを強く睨《ね》めつけながら、唇を開いた。

「口実を使うのが気に入らなければ、はっきり言おう。どんなに口説かれても、私はお前の情人になるつもりはない。お前のような男は好みではないし、こんなふうに違いにこられるのも迷惑だ。これ以上私に構わないでくれ」

きつい言い方になってしまったが、仕方がない。これだけきっぱりと拒絶すれば、グリフォンだって諦める気になるだろう。そう、カグヤは思っていたのだが。

「俺のことをよく知りもしないのに、答えを出すのは早すぎるんじゃないか？　もう少し時間をくれてもいいだろう」

グリフォンは諦めるどころか、忌ま忌ましいほど自信たっぷりに微笑んでみせた。総ては結局自分の思いどおりになるものと、疑ってもいないらしい。

彼のように生きられれば、人生はさぞや愉しいだろう。

普通に人として生きていた頃でさえ、カグヤの人生は苦難に満ちていたというのに。人はこうも違うものだろうか。

「お前は絶望など味わったことがないんだろうな」

カグヤは思わずぼそりと呟いていた。その断片を耳聡《みみざと》く聞きつけたらしいグリフォンが、問うような視線を向けてくる。

「今、なんと言ったんだ？」

グリフォンの夏の青空のように澄んだ瞳に、硬い表情のカグヤの顔が映っていた。あんなことを口にするなんて、どうかしている。

「お前こそ私のことを何も知らないくせに、と言ったんだ」

誤魔化すために口にした言葉は、グリフォンに好機を与えた。

「それは、カグヤが知る機会をくれないからだろう。一緒にいなければ、互いを知ることはできない。だから」

「な…」

いきなり抱き上げられたショックに、カグヤは一瞬言葉を失う。

「手っ取り早く、実力行使に出ることにした」

悪戯《いたずら》っぽく瞳を輝かせるグリフォンに、まさかこのまま情交に及ぶつもりかと、カグヤは怯えた。

だが、彼の足は寝台ではなく扉の外へと向かっていく。グリフォンが自分を部屋から連れ出すつもりだと悟ったカグヤは抵抗を試みるが、足止めにはならなかった。

「どこに行く気だ⁉　下ろせ、グリフォン」

長い回廊を早足で進むグリフォンに、カグヤは声を荒らげる。グリフォンからなんの答えも返らないことが、不安を煽《あお》った。

これから彼が何処に行く気なのか、何をするつもりなのか、まったく予測がつかない。それがカグヤには脅威だった。

じたばたと抗ってみても前回同様無駄に体力を消耗するだけで、己の非力さを思い知らされる。

予《あらかじ》めグリフォンが人払いをしてあったのか、行く手には使用人の姿はなく、こんな屈辱的な姿を誰にも見られずに済むことだけが救いだった。

いっそ、ここで暗示をかけてしまおうか。そうすれば、もうグリフォンに口説かれる心配はなくなるし、彼を避け続ける必要もなくなる。

一度はそう思ったが、やはり決心はつかなかった。一度グリフォンの運命を変えてしまった負い目が、再び彼に干渉することを躊躇《ためら》わせたのかもしれない。それに力を使った後のことも、心配だった。

「わかった。今日はお前につきあうから、とにかく下ろしてくれ」

カグヤは、諦め混じりの声で告げた。

グリフォンがカグヤに興味を持っているのは、ただ毛色が変わっていて物珍しいからだ。一緒の時間を過ごせば、なんの面白みもない退屈な相手だとすぐに気がつくだろう。そうなれば、カグヤへの興味は一気に失《う》せるはずだ。

カグヤはグリフォンの周りに群がっている華やかな御婦人方のように、彼を喜ばせようという気もなければ、好かれようとも思っていないのだから。今度は自分に相応《ふさわ》しい相手を口説きに行けばいい。

「そう言って、逃げるつもりじゃないのか？」

グリフォンは疑いの眼差《まなざ》しを向けてくる。

カグヤは一つ溜め息を吐いて、彼の目を捉えた。

「逃げても追ってくるだろう」

「よくわかっているじゃないか」

愉快そうにグリフォンが笑う。

多分グリフォンのような人間は、相手が逃げれば逃げるほど、追いかけたくなる性分なのだ。カグヤがずっと彼を避け続けたことで、尚更ムキになっているに違いない。だから、ここは一度彼につきあってみるのが、得策に思えた。

グリフォンの傍にいるのは危険だが、もしもの時は今度こそ暗示をかければいい。

カグヤの言葉を信じたのか、グリフォンがようやく足を止め、まるで壊れ物を扱うような丁寧さで床に下ろされた。

「で、どこに行くんだ？」

「それは、ついてくればわかる」

これもグリフォンの趣向なのだろうが、行き先を想像して愉しむ気分ではないし、不安ばかりが先立っていた。

それでも彼についていくしかない。

カグヤは前を行くグリフォンの少し後ろを歩きながら、もう一つ大きな溜め息を吐いた。


何処へ連れていかれるにしても屋敷の中だと思い込んでいたカグヤだったが、玄関ホールまで辿《たど》り着くと、さすがに自分の思い違いに気がつかないわけにはいかなかった。

「まさか、外に出るつもりか⁉」

「カグヤを連れていきたい場所があるんだ」

露骨に嫌がる素振りを見せたからか、グリフォンは足を止めたカグヤの腕を強引に摑んで先へ促す。

その手を振り払うこともできないのが、腹立たしかった。

玄関の扉の前には執事のバスチーニとメイドが二人控えていて、カグヤたちが近づくと素早く扉を開け放つ。

外に出た途端、カグヤは陽射しの眩《まぶ》しさに顔を顰めた。

巷で噂されているように日光を浴びると灰になるわけではないが、体力の消耗が早くなるという弊害がある。だからなるべく日中は、長時間出歩かないようにしていた。

せめて曇っていてくれればよかったが、今日は生憎の晴天だ。かなりの体力を奪われるのを覚悟しなければならないだろう。

階段を降りると、馬番の男が二頭の馬の手綱を持って立っていた。二頭とも毛並みは艶々として美しく、一目で名馬だとわかる。

だが今は、名馬かそうでないかは問題ではなかった。

「馬に乗れと言うんじゃないだろうな」

カグヤは否定の言葉を期待して一応訊いてみるが、グリフォンは見ればわかるじゃないかという顔をする。

「まさか乗れないわけじゃないだろう？」

「……乗れないわけではないが、随分長いこと乗っていない」

最後に乗ったのがどれくらい前のことか、すぐには思い出せなかった。随分昔だということは確かだったが。

カグヤの答えは、グリフォンには少し意外だったようだ。

「それなら、一人で乗るのは危険かもしれないな」

思案げにグリフォンが言う。

出かけるのは取りやめにしようと、彼が続けるのをカグヤは待ったが、そう上手くはいかなかった。

「だが、このルシャールなら安全だ。とても頭がいいし、カグヤともきっと気があう。俺の自慢の愛馬なんだ」

さあ乗って、とグリフォンに急き立てられ、額に白い星のような模様がある栗毛の美しい馬へと騎乗する。

グリフォンは当然もう一頭の馬に乗るものと思っていたが、驚くことに彼までが同じ馬に跨《また》がってきた。

「俺と一緒なら、もっと安全だ」

背後からぴたりと身体を密着させて手綱を握るグリフォンに、逃げ場のないカグヤは最初からこうするつもりだったのではないかと、疑いたくなってくる。

グリフォンの温かい体温や息遣いがすぐ傍で感じられて、落ち着かなかった。

こんなことなら多少危険でも一人で乗るほうがましだったが、今更グリフォンがそれを許すはずもない。

「お気をつけて、いってらっしゃいませ」

馬番や執事たちに笑顔で見送られ、グリフォンに馬の手綱を任せたカグヤは、行き先も知らされぬままバードウィル邸を後にした。

二人を乗せていても、グリフォンの愛馬ルシャールは軽やかに土を蹴り、颯爽《さっそう》と野を駆けていく。

「もっとゆっくり行こうか？」

耳のすぐ傍で、グリフォンの甘い声が響いた。強引に押してくるかと思えば、こんな紳士的気遣いもみせる。

「このままでいい」

カグヤは、頬に当たる風を心地よく感じていた。屋敷に閉じ籠もってばかりいたせいで、余計にそう感じるのかもしれない。

グリフォンは暫く馬を走らせ続け、東の森へと入っていった。バードウィル邸の裏手の森とは違って、東の森はかなり広大だ。

今まで一度も奥まで入ったことはなかったので、カグヤは森の奥がどうなっているのか知らなかった。

森を抜けて、更に進むつもりなのだろうか。グリフォンが目的としている場所がどこなのか、まだ見当もつかない。

「下りるぞ」

「え？」

馬が足を止めたのは、森の中の特別これという特徴もない場所。こんなところに連れてきてどうする気なのかと、カグヤは怪訝そうに眉根を寄せた。

グリフォンは先に馬から下りると手を貸そうとしてくるが、その手を取る気にはなれなかった。カグヤが助けを借りずに一人で馬から下りると、グリフォンはやれやれと肩を竦めてみせた。

「で、ここで何をするんだ?」

「ここじゃない」

グリフォンは愛馬を近くの木に繋《つな》ぎ、ついてこいと合図して傾斜を下っていった。馬を下りたのは、この斜面を馬で駆け降りるのは危険だと判断したからだろう。

斜面はかなり急で足場が悪いが、彼は慣れた様子でひょいひょいと身軽に足を進めていく。慣れないカグヤはもたつきながら、なんとかその後を追いかけた。

そして足元にばかり気を取られ俯《うつむ》いていたカグヤが、グリフォンが立ち止まった気配に気づいて顔をあげると、目の前には美しい景色が広がっていた。

「あ…」

青く澄んだ湖面は陽の光を浴びてキラキラと輝き、時折魚が跳ねるのが見える。彼が見せたかったのはこの湖なのだろうか。

「綺麗だろう」

自慢げにグリフォンが言う。

「ああ。とても綺麗だ」

カグヤは素直な感想を口にした。

こんな美しい景色を前に、他の言葉は浮かばなかった。

「あっちからだと、もっといいものが見える」

そう言うとグリフォンは、水際に添ってもっと奥へと歩きだす。カグヤは彼の言葉を疑わず、黙って彼の後に続いた。

「ほら、あそこ。わかるか?」

グリフォンが指差したところに目を凝らすと、湖面のその辺りだけ淡いピンク色に染まって見える。

「どうしてあそこだけ?」

「湖面に浮かぶようにリルーシャの花が咲いているからだ。とても珍しい花で、この湖でしか見られない」

「リルーシャの花……」

草花には詳しいカグヤでも、初めて聞く花の名前だった。

どんな花か近くで見てみたかったが、花が咲いている場所は湖だ。ここから眺めることしかできそうにない。

残念に思いながらピンク色の湖面をじっと見つめるカグヤに、グリフォンが静かに距離を縮めてきた。

「興味があるんだろう？　近くで見たくはないか？」

その言葉に釣られ、カグヤは脇に立つグリフォンの視線を捉える。何も答えなくても、グリフォンにはそれで充分伝わったらしい。

彼は口許に笑みを浮かべると、腰に下げたフォブを引っ張りポケットから洒落《しやれ》た懐中時計を取り出して時刻を確かめた。

「ちょうどいい頃だな。今日あたり、天使のダンスが見られそうなんだ」

「天使のダンスだって？」

ありえないだろうと、カグヤはまるで信じていなかった。そんなものが本当に見られるとすれば、奇跡としかいいようがない。

だがグリフォンは、カグヤが信じなくても平気なようだった。

「実際見てみればわかる」

またしても自信たっぷりに言いきると、水際に建てられた古ぼけた小屋に近づき、その陰から何かを引き出した。姿を現したのは、一艘《いつそう》のボート。グリフォンはひらりと先に乗り込んで、カグヤを視線で促す。

カグヤは一瞬躊躇《ちゆうちよ》したが、好奇心に突き動かされてボートに移った。

そしてオールを握るグリフォンの向かいに座ると、ゆっくり辺りを見回す。どこにも人影はなく、美しい景観は心を安らがせた。

なんだかとても、気持ちがいい。深く息を吸い込み、カグヤは僅かに口許を綻ばせる。

グリフォンは、ボートに乗り込んでからはずっと黙ったままだった。

オールが水を掻く音だけが響く中、正面から見つめてくる彼の視線を感じて、カグヤは顔を逸らした。ずっとあんなふうに見ていたのだろうか。

オールで波立つ湖面には、自分の姿が歪んで映っている。まるで中身を見透かしているかのようだ。

いくら珍しい花が気になったからといって、本当は断るべきだったのに。今日の自分はどうかしていると、カグヤは自嘲《じちょう》する。

「この辺でいいだろう」

グリフォンがそう言って、ボートを漕ぐ手を止めた。

「あれがリルーシャの花だ」

グリフォンが指差した一帯は、確かに丸いピンク色の花で埋めつくされていた。もう少し近づけば花弁の形など詳しくわかるのにと、カグヤは内心残念に思った。きっとそれが顔に出ていたのだろう。

「近くに行くのは、もう少し待ってくれ」

わざとここで止まっているのだと、グリフォンが仄《ほの》めかしてくる。そしてもう一度懐中時計で時刻を確かめると独り頷いた。

「運がよければ、そろそろ始まるな」

「天使のダンスが？」

今度もグリフォンは、何も教えてくれようとはしなかった。知らないほうが愉しめると言いたげだ。

沈黙していてもグリフォンの存在は無視できるものではなく、カグヤは何かが始まるのを待つ間彼から意識を逸らそうと、湖に浸した手を意味もなく泳がせる。

「カグヤ。始まったぞ」

「あ…」

さっきまで丸い形をしていたリルーシャの花が、少しずつ形を変えていた。今まで閉じていた花弁がゆっくりと開いているのだ。その様子はとても優雅で、それだけでも充分美しかったが、本番はこれからだった。

花弁が開いていくにつれて中から白い綿毛のようなものが放たれ、ふわふわと浮き上がっていく。

風に乗って綿毛があちこち飛んでいく様は、まさに小さな天使たちが軽やかにダンスを踊っているようだ。

光の加減で綿毛が輝いて見えるのも、幻想的だった。

「これを見る時は、あまり近づきすぎないほうが綺麗に見えるんだ」

「すごいな……」

カグヤは目の前の光景に魅入られ、感嘆の溜め息を漏らす。

「嘘じゃなかっただろう？」

「そうだな。天使のダンスとは、よく名づけたものだ。これ程幻想的な光景を見られるとは思ってもみなかった」

まだ宙を飛び回っている綿毛を目で追いながら、カグヤは嬉しげに答えた。するとグリフォンは満足そうな笑みを浮かべる。

「気に入ってくれたならよかった。俺も初めて見た時の感動は、今も忘れていない」

「そうだろうな」

「もっと近づいてみるか？」

「いや。まだ少しこのまま見ていたい」

今度は沈黙が続いても、気にならなかった。むしろ心地よさを感じる。グリフォンもこの光景に魅入っていることがわかるからだろうか。

いろいろな国を旅して廻《まわ》っているカグヤにとって、美しい光景を目にする機会は今まで幾度とあったが、魂の片割れを亡くしてからは、その感動を誰かと分かちあったことは一度もなかった。

モモとはここ数年行動を共にしているが、やはり動物だからか興味を示すものはカグヤとは違っていて、感覚にもズレがある。今までそれを特別気にしたことはなかったが、心のどこかで寂しく感じていたのかもしれない。

　この場に独りではないことが、カグヤの胸の奥を温かくした。だから、傍らにいるのが遠ざけなければならない相手だということは、もう暫く忘れておくことにする。

　綿毛がどこかへ消え去るまで眺めた後、グリフォンが再びボートを漕ぎだし、リルーシャの花の傍まで連れていってくれた。

　近くで見るとリルーシャの花弁は外側はピンク色をしているが、内側は真っ白だった。花が開く前丸い形をしていたのは、中に綿毛を抱え込んでいたからだろう。覗き込むと花芯《かしん》の部分に少し綿毛が残っていた。

　香りは少し百合《ゆり》のそれに似ていて、とても甘いいい香りだ。

　グリフォンの説明によると、毎年この時季に咲くというリルーシャの花は、普段は閉じたままだが、枯れるまでに何度か花弁を開いてあの美しい光景を見せてくれるらしい。今回は次の開花がそろそろだと予測していたグリフォンの勘が当たり、運よく開花のタイミングに居あわせることができたのだ。

　こうやって好運を引き寄せるところも、また彼らしかった。

　美しい金色の髪は今日はリボンで纏められているものの、陽光を浴びてさっきの綿毛のようにキラキラと輝いている。

まるで神から祝福を受けているかのようだ。

「俺のとっておきを、どうしてもカグヤに見せたかったんだ」

「こうやって、いつも誰かを口説いているんだろう」

美しい光景を目にできたことは感謝していたが、自分が特別だなどと考える程カグヤはお目出度《めでた》くはない。

グリフォンのように恋愛遊戯に長けた男なら、相手を喜ばせる方法を百は知っているはずだ。

カグヤの鋭い指摘に、グリフォンは快活な笑い声を響かせる。

「相変わらず手厳しいな、カグヤは。確かにそう思われても仕方がないが、誓ってここに連れてきたのはカグヤが初めてだ。ここは昔から独りになりたい時にくる大切な場所で、ヘンリーでさえ連れてきたことはない」

そんな大切な場所に、どうして自分を連れてきたのか。それももちろん気になったが、口を開いたカグヤが訊ねたのは別のことだった。

「お前でも独りになりたい時があるのか？」

華やかで賑やかなことを好むというグリフォンからは、想像できない。

「誰だって、時には孤独に浸りたいものさ」

肩を竦めて、グリフォンは軽い調子で返してくるが、カグヤは彼の目の奥に確かに孤独の影があることを感じ取っていた。

この男は案外、複雑な内面を持っているのかもしれない。

カグヤは心の中で独りごちた。

常に孤独と共にあるカグヤには、今のグリフォンのほうが近くに感じられる。

だが彼は、本当の孤独とはどんなものか知らない。

それがどれほど辛いなことかも――。


カグヤが岸に降り立つと、グリフォンは元の場所へとボートを繋ぎ、岸辺で大きく伸びをした。ずっと一人でボートを漕いでいたから、疲れたのだろう。

だがグリフォンは、そんな様子さえ絵になっていた。

豪奢な夜会服と違って、深緑色の乗馬服はいたってシンプルだったが、ぴったりとしたもみ革のブリーチズに艶やかな乗馬ブーツをあわせ、洒落た感じに見せている。襟や袖から覗く繊細なレースも、彼の優美さを際立たせていた。

他人の目に自分がどう映るか、彼は充分に心得ているのだ。

カグヤにもその魅力を発揮するつもりでいるのだろうが、簡単に惑わされるほど愚かではない。

「じゃあ、屋敷に戻ろうか」

もう目的は果たしたのだし、そろそろ戻ってもいいはずだと、踵を返しかけるカグヤだったが。

「待てよ。まだ、戻らないぞ」

肩を掴んだグリフォンが、強引に引き止めてくる。

「まだ何か見せたいものでもあるのか？」

もう充分見たじゃないかと、カグヤは眉根を寄せた。

「見せたいものじゃなくて、ほら、もうランチの時間だろう？」

「だから？」

ランチの時間だとしても、ここで何をどうするというのだ。こんな森の奥では、せいぜい木の実を採って食べるぐらいが関の山だ。湖で魚を釣るにしても道具はないし、万が一釣れたとしても彼に調理ができるはずもない。それともこれからどこかへ移動して、ちゃんとした食事をするつもりなのだろうか。

あれこれ考えを巡らせるカグヤに、グリフォンが秘密を告げるかのように耳許に囁きかけてくる。

「ピクニックをしよう」

「は⁉」

まさかそんな答えが返ってくるとは思わず、カグヤはますます眉間の皺を深くした。それでもグリフォンは愉しそうに笑っている。

「心配しなくても、ちゃんと準備はしてある」

ボートを繋いだすぐ傍に建つ古ぼけた小屋の扉を開けると、グリフォンはずかずかと中に入り込み、ハンパーと呼ばれる籠と畳んだ敷布を抱えて戻ってきた。

いつのまにそんなものを用意していたのか、あまりの手際のよさにカグヤは驚きを通り越して感心していた。

「出かける前に、うちの従僕に運んでくれるよう頼んでおいたんだ。あそこの木陰で食べよう。空腹で今にもお腹《なか》が鳴りそうだ」

グリフォンは独りで勝手に決めてしまうと、木陰の平らになっている場所を選んで敷布を広げ始める。

カグヤはそれを、ただ突っ立ったままぼんやりと眺めていた。

ピクニックなんて、今まで一度もしたことがなかった。人として生きていた頃にはそんな風習はなかったし、ヴァンパイアとなった今では、カグヤにとって食事は愉しむものではなくなっていた。

ランチなど必要ないと言ったら、グリフォンはどんな顔をするだろうか。ランチどころか人と同じ食べ物は、一切必要としないのだと知ったなら、果たして彼は。

「どうした？　ぼうっとして、熱でもあるのか？」

自分の考えに浸っていたカグヤは、額に手を当てられるまでグリフォンが傍まで来ていることに気づかなかった。

彼はさっきまで着けていた手袋を外し、直《じか》に肌に触れていた。

「熱なんて、ない」

カグヤは慌ててグリフォンの手を払い除《の》けたが、やはり遅かったようで、彼はじっと自分の手を見つめて怪訝な表情を浮かべている。

「確かに熱はないようだが……人より体温が低いといっても、それでこんなに冷たくなるものか？」

以前もカグヤの肌に触れているだけに、余計に不審を抱いたのだろう。最近朝夕はかなり冷え込むようになっていたが、日中は身体が冷たくなるほどの気温ではない。特に今日のような晴天の日には。

「体質なのだから、仕方がないだろう。うちの家系は皆そうだ」

追究を避けるために、カグヤは効果的な嘘をついた。他にも同じような体質の者がいるとわかれば、多少疑わしいことでも受け入れやすくなるからだ。

「へぇ、そういう家系なのか」

なんとかグリフォンが納得してくれたらしいことに、カグヤはホッとする。

「外套《がいとう》を持って出るべきだったな。そうだ。ワインを取ってくるのを忘れていた。ワインでも飲めば、少しは体温もあがるだろう」

グリフォンは急ぎ足でもう一度小屋に向かうと、ワインのボトルとグラスを手に戻ってきた。そしてカグヤを急き立て、オレンジ色の敷布の上に座らせる。

「うん。美味しそうだ」

ハンパーの蓋を開いたグリフォンは、満足そうに頷くと中身を取り出して言った。

ハムに、チキンに、たっぷり盛りつけられたサラダ。パンに、ハード・チーズに、何かのパイ。ケーキに、果物まである。それらをグリフォンは、丁寧にオレンジ色の敷布の上に並べていった。

普通の人間なら、目の前の光景に食欲をそそられ歓声をあげていただろう。だが、人間ではないカグヤにとっては、どんな美味な食物も食事にはなりえない。

「カグヤ、中からバターを出してくれないか」

そう言われてハンパーの中を覗き込むが、それらしいものは見当たらなかった。底に敷かれた藁《わら》の上に残っているのは、レタスの固まりだけだ。

「これしかないが」

「ああ。これだ」

 グリフォンは不思議そうに取り出したレタスの固まりを受け取ると、重ねられた葉っぱを捲《めく》っていった。中から出てきたバターをカグヤに見せて、彼は笑う。

「こうして冷たいレタスの葉に包んでおくと、バターが溶けずにいいらしい」

「考えたものだな」

カグヤはバターの乗ったレタスを、興味深げに眺めた。今まであまり食物に関心を向けてこなかったので、こんな使い方をするとは知らなかった。

グリフォンは余程腹が空いていたのか、手際よくハムやパイを切り分けると、早速食べ始めた。

そして、カグヤがなかなか食べ物に手をつけようとしないことに気づくと、いらない世話を焼いてくる。

「カグヤ。このハムはとびきりの味だ。食べてみろよ」

厚切りにされたハムを口許へと運ばれ、カグヤは咄嗟《とっさ》に唇を引き結んだ。本能的に、食べるのを拒んでしまったのだ。

「ハムは嫌いか？　なら、雉肉《きじにく》のパイはどうだ？」

グリフォンは気分を害するでもなく、笑顔で別の食べ物を勧めてくる。ここで拒んでも、また違う食べ物を差し出されるだけだろう。彼はカグヤがなぜ食べ物を拒んでいるのか知らないのだから。

　カグヤは諦め混じりの小さな溜め息を吐き、パイを受け取ろうとした。だがグリフォンはパイを渡さず、カグヤに口を開けるように促してくる。

　そんな恥ずかしい真似《まね》ができるかと突っぱねたかったが、グリフォンの諦めの悪さはもう充分わかっていた。同じようなやり取りを何度も繰り返すのも面倒で、カグヤは仕方なく唇を開く。

「どうだ？　スパイスがよくきいていて美味しいだろう」

　グリフォンは自分もパイに噛みつくと目を細め、こんな美味しいものは他にはないという顔をする。

「……ああ、そうだな」

　カグヤは口の中のパイをもそもそと咀嚼《そしゃく》し終えると、同調して小さく頷いた。

　今のグリフォンの様子を見れば、確かに美味しいパイなのだろうが、本当はスパイスがきいているのかどうかも、わからない。

　そもそも人間の食べ物を必要としないカグヤには、その味さえほとんど感じないのだ。砂を噛んでいるんじゃないかと思える時もある。

　食することはできにも、それを血や肉に変えることはできず、味覚としての楽しみさえもない。ただ、無駄に消費するだけだ。

それでも周りに不審を抱かせぬためには、こうして普通の食事を摂り、味わっているふりをする必要があった。

正体を知っているヘンリーたちの前でさえ、カグヤは極力人間らしく振る舞っていた。皆と一緒に食事の席につき、皆と同じ料理を口にする。だから彼等は、カグヤには普通の食事は不要だと忘れている節があった。

カグヤも敢えてそれを思い出させることはなく、食事を愉しんでいるふりをしていた。そうすれば自分の異質さも隠せる気がして。

だが皮肉なことに、そんなふりをする度に、自分がどれだけ異質なのかということを思い知らされる。

何を口にしても美味しいと思えない。カグヤが唯一美味しいと感じるのは、新鮮な人間の生き血だけなのだ。

それが人ならざる生き物、ヴァンパイアの逃れられない性《さが》だった。

「ワインを注《つ》ごう」

グリフォンから手渡されたグラスに、血のような色の赤ワインが注がれる。これもただの色水としか感じないのかと思うと、虚《むな》しくなった。

それに比べ、生命力に満ち溢れたグリフォンは、心から食事を愉しんでいる。

彼はカグヤにもっと食べさせようと甲斐甲斐しく勧めてくるが、これ以上いつものようにふりを続けるのは苦痛だった。

「たくさん用意してくれたのにすまないが、あまりお腹が空いていないんだ。だから私のことは気にせず、一人で食べてくれ」

カグヤは新たに差し出されたパンを手で制し、そう告げた。

「一人で食べろって?」

さすがのグリフォンもそれにはムッとしたのか、声が尖《とが》っている。だが一方的に責められる謂《いわ》れはない。

「だからすまないと謝っただろう。それに、私が食事をしたいと言いだしたわけじゃない」

カグヤは淡々と返した。

するとグリフォンは額にかかるウェーブのついた金色の髪を掻き上げながら、苦々しげに息を吐き出す。

「……そうだな。言われてみれば、確かにそうだ。悪かった。お腹が空いていないなら、無理して食べる必要はない」

もっと反論するかと思っていたが、グリフォンは自分の非を認めて引いてみせた。こんな素直な一面もあるらしい。

「だが一人の食事は味気ないし、せめてこれぐらいはつきあってくれないか」

こちらの反応を窺《うかが》うようにして差し出された一房のブドウを見つめ、カグヤは呆気にとられた。

たった今、無理して食べる必要はないと言ったばかりだというのに、懲りないというかなんというか。だが、不思議と憎めない。

「ブドウの一粒や二粒、小鳥のエサみたいなものだろう？　食べてないのと同じさ」

悪戯っぽく輝く瞳に覗き込まれ、カグヤは思わず声をあげて笑った。そしてそのことに気づいた途端、戸惑いを覚える。

「もっとそうやって、笑ったらいい」

機嫌よく笑いかけてくるグリフォンから、カグヤはぎこちなく視線を逸らした。自分がどんな顔をして笑っていたのか、知るのが恐かった。


グリフォンは、思いがけないカグヤの笑顔に胸の奥を騒がせていた。

怒った顔や不機嫌な顔はよく見ていたが、笑った顔は初めてだった。それだけグリフォンがカグヤを怒らせている証拠でもある。

敢えてそうしているわけではないが、礼儀を護っておとなしく機会を待っていても彼は手

に入らない。それはわかりきっていた。

カグヤは出逢った時からとても謎《なぞ》めいていて、どこか秘密の匂いがした。いつも素っ気ない言動で近づくことを拒み、無理遣《や》り近づけば逃げていく。

グリフォンが情事を愉しんでいる御婦人方のように、カグヤが遊び慣れているのなら、これも恋の駆け引きの一つかと思うところだが、彼はそんな器用なタイプではない。でなければ、もっと上手くグリフォンを躱《かわ》しているはずだ。

カグヤはただ部屋の中に閉じ籠もり、避け続けていさえすれば、グリフォンが諦めると思っているのだ。

だからカグヤが早々に抵抗を諦め、今日はつきあうと言いだした時は、正直驚いた。さすがに屋敷の外に連れ出されるとは予測していなかったのか、すぐに後悔しているのが見てとれたが、逃げ出すことはなかった。

どんな心境の変化があったのかはわからないが、とりあえずは第一関門突破というところだろうか。

この場所を選んだのは、この湖にだけ咲くリルーシャの花が、草花に関心を持つカグヤの気を引くのではないかと思ったからだ。

ヘンリーたちから仕入れることができたカグヤの情報は少なかったが、リルーシャの花が見せる幻想的な光景を目にした彼の反応を見れば、大いに役立ってくれたのは間違いない。

大袈裟《おおげさ》に喜んだりはしないものの、目の前の光景にカグヤが感動しているのは充分に伝わってきた。

カグヤにも話したように、ここはとっておきの気に入りの場所で、今まで誰かを連れてきたことは一度もない。自分だけの場所にしておきたかったからだ。

なのにカグヤを連れてくることには、躊躇いは一切なかった。

自分と同じものを見て、同じように感じてほしい。そしてそれが果たされることに、グリフォンは喜びを感じた。

だから自分では洒落た趣向だと思っていたピクニックが、思ったほどカグヤの関心を引けなかったことに、内心かなり落胆していた。それを巧みに隠し、グリフォンはなんとか彼を愉しませようと努めた。

空腹ではないらしいカグヤには、無駄な時間なのかもしれないが、互いを知るためには我慢してもらうしかない。

そう思っていた矢先のカグヤの笑顔だった。時には冷たさを感じさせる整った容貌も、笑うと幼く見える。

「もっとそうやって、笑ったらいい」

グリフォンは、本気でそう思っていた。

カグヤの笑ったところを、もっと見てみたかった。なのにカグヤの顔からはすぐに表情が消え、俯き黙り込んでしまう。

いったいどうしたのかとグリフォンは訝しむが、追究すれば折角少し近づいたカグヤとの距離が離れてしまいそうで、何も気づかぬふりを決め込んだ。

一人で食事を再開し、俯いたままのカグヤの様子を横目で時折確かめる。

「そういえば、今日はあの白いおチビさんはどうしたんだ？」

ふいに気になって訊ねてみると、ようやくカグヤが顔をあげた。反応が返ったことに、グリフォンはほっとする。

「部屋にもいなかっただろう」

肝心な時に邪魔してくる白い猿がここにいないことは幸いだったが、バードウィル邸にいた時からその姿は見えなかった。カグヤを護る騎士のごとく、傍から離れないのかと思っていたから意外だった。

「モモは退屈していたから、庭に遊びに行かせた」

カグヤの口調は素っ気ないが、彼がモモという名のあの猿を可愛がっているのは間違いない。

その証拠に、さっきまで少し強ばって見えた表情が和らいでいた。きっとモモのことを考えたからだろう。

「ペットには随分と甘いんだな」

それを嫉《ねた》ましく感じていることに、グリフォンは自分でも驚いた。

ペットの猿相手に嫉妬《しっと》するなんて、馬鹿げている。なかなかカグヤの心が掴めなくて、気持ちが急いているのだろうか。

そうグリフォンが自問する傍らで、カグヤが小さく息を叶く。

「……そんなことはない。あの子にはいつも我慢をさせてばかりだ。本当ならもっと自由でいられたのに」

どこか遠くを見るカグヤの瞳は、暗く陰っていた。ペットとして傍に置くことで、モモを野性から引き離したことを悔いているのかもしれない。

グリフォンは、カグヤの傷つきやすい一面を垣間見た気がした。

いつもならこんな時は抱き締めて慰めるのだが、そんなことをすればカグヤは間違いなく怒って警戒を強めるだろう。そうなれば、また一からやりなおしだ。

代わりにグリフォンは、少し芝居じみた声を作った。

「譬えば、俺のこの美しい顔を思いきり傷だらけにする自由とか？　それはちょっと、賛成しかねるな。御婦人方がどれだけ嘆かれることか」

すました顔で大袈裟に自惚《うぬぼ》れてみせるグリフォンに、カグヤは呆れたような視線を向けてくる。

「少しは謙遜《けんそん》することを覚えたらどうだ？」

「これ以上俺の美徳が増えるのはよくないだろう?」

グリフォンは不敵に笑って返した。

「お前は本当に……」

カグヤは何か反論しかけたものの、グリフォンには言っても無駄だと思ったのか、途中でやめてしまった。

完全に呆れているらしい。今彼の頭の中には、グリフォンへの非難の言葉が溢れているに違いない。

それこそがグリフォンが望んだことだった。そうすれば、彼の意識を自分だけに向けることができる。

「ヘンリーが言っていたが、カグヤはいろんな国を旅しているんだよな。俺は生まれてこのかた、隣国のラドーニア以外どこにも行ったことがない。よかったら旅の話を聞かせてくれないか?」

空になったグラスにワインを注ぎながらグリフォンがそう持ちかけると、カグヤは残った食べ物を一瞥《いちべつ》し、大きな溜め息を吐く。

グリフォンが食べ終わるのを待つ間、黙っているのも気詰まりだと思ったのだろう。

「特別面白い話はないが」

そう前置きして、カグヤは静かに話し始めた。

いろいろな国の珍しい風習や、その国にしか生息しない鳥や動物たちのこと。総てはグリフォンが初めて耳にすることばかりだった。

少し話せばグリフォンも気が済むだろうとカグヤは思っていたようだが、それは間違いだった。グリフォンは次々と質問を投げかけ、熱心に話の続きを乞《こ》うた。

面白可笑《おか》しく話を誇張することもなければ派手な演出もないが、カグヤが教えてくれる未知の世界はグリフォンの胸を躍らせ、そして惹きつける。話を聞いているだけでも、彼の聡明さがよくわかった。

今まで師事してきた教師たちから学んだことは多いが、これはど興味を掻き立てられたことはない。

できればカグヤと一緒に旅をして、新しい世界を覗いてみたかった。だからグリフォンは浮き立つ心のままに、その思いを口にした。

するとカグヤは即座に表情を曇らせた。

彼は旅の道連れなどいらないと、きっぱりと言い放つ。冷たい口調で撥ねつけながらも、どこか傷ついて見えるのはなぜなのだろう。

カグヤの胸のうちはまるで読めない。

グリフォンはこれまで以上に、カグヤのことが知りたかった。口説くために必要だからではなく、ただ純粋に彼のことを知りたいと思う。

そして同じようにカグヤにも、自分のことを知ってほしいと。
そのためにも、もっと時間が必要だった。

第三章

「まぁ、グリフォン様。なんて綺麗な扇子なんでしょう。これを私に？」

細長の箱から取り出した扇子を手に、愛らしい花枝柄のモスリンのドレスを身に纏ったシャーロットが喜びの声をあげた。

金箔《きんぱく》で縁取られた扇には美しい絵が描かれ、象牙《ぞうげ》でできた親骨と中骨には豪華な浮き彫りや透かし彫りが施されている。リペットには彼女の瞳と同じ緑色の宝石がはめられ、煌《きら》めいていた。

美しい贈り物は、いつの時代も女性の心を惹きつけるものだ。

「昨日カグヤと街に出かけた時に、二人で選んだんだ。今流行の東洋風の絵柄が美しいだろう。君にぴったりだと思って。気に入ってくれたかな？」

シャーロットに優しく笑いかけるグリフォンは、親友の妹相手でもその魅力を最大限に発揮していた。

臙脂《えんじ》色のディガジェにユサルド型のパンタロンという最先端の装いもさることながら、グリフォンの笑みには値千金の価値がある。

グリフォンは二人で選んだと強調しているが、実際はそうではなかった。女性の好みに疎いカグヤは、慣れた様子で品物を吟味《ぎんみ》する彼を関心して眺めていただけだ。

ただカグヤはうっかり、自分に東洋の血が流れていることを喋ってしまい、グリフォンがあの扇子を選ぶ決め手になったのは確かだった。

「ええ。とっても気に入りましたわ。お友達のソフィアが東洋風の小物入れを贈られて、自慢されたばかりでしたの。ありがとうございます、グリフォン様。そしてカグヤ様も。大事にします」

明るく声を弾ませるシャーロットは、グリフォンだけでなくカグヤにも感謝の眼差しを向けてくる。

何もしていないカグヤは反応に困ったが、すでにシャーロットの意識は広げた扇子を鑑賞することへと移っていた。

代わりにヘンリーが会話に加わってくる。

「僕への贈り物はないのかな？」

「そう言うと思って、ヘンリーの好きそうな本を見繕ってきた」

グリフォンがリボンで纏められた数冊の本を掲げて見せると、不満げだったヘンリーの顔がぱっと輝く。

「さすがグリン、僕の好みをわかっているね」

子供の頃からヘンリーはかなりの読書家だったが、今もそれは変わっていなかった。

早速リボンを解いてタイトルを確認し始めたヘンリーに、向かいのソファーに腰かけたグリフォンが身を乗り出すようにして告げる。

「店主の話によると『ロビンソン・クルーソー』と『危険な関係』は、特に評判がいいらしい。その黒い表紙の本は、カグヤのお薦めだ」

「グリンが選んでくれた本も面白そうだけど、カグヤのも愉しみだなぁ。どんな内容だろう」

「珍しい発明品を纏めた本だ。精密な絵がたくさん載っていて、それを眺めるだけでも愉しめるかと思って」

カグヤの説明を聞いて興味を引かれたらしいヘンリーは、お薦めの本をすぐに手に取りページを捲った。

「へー、随分変わったものもあるなぁ」

「これが全部発明品ですの？」

シャーロットまでが興味津々な顔で、発明品の描かれたページを覗き込む。こういう好奇心旺盛なところが、兄妹よく似ていた。

「カグヤはその中の発明品を、いくつか見たことがあるそうだ。できれば俺も、実物を見てみたいね」

それとかこれとかと、発明品を指差して笑うグリフォンは実に愉しげだった。カグヤから聞いた発明品の話を思い出したのかもしれない。

それでなくても、最近彼はずっとご機嫌なのだが。

「カグヤと随分親しくなったみたいだね」

グリフォンに話しているのに、ヘンリーの瞳は困惑の色を浮かべてカグヤに向けられていた。

ヘンリーが何を思っているのかは、わかっていた。彼はカグヤがグリフォンを避けていた理由を知っているだけに、今のこの状況を心配しているのだ。

だがどう返しても、ヘンリーを安心させることはできそうになかった。自分でもなぜここまで彼を近づけてしまったのかわからないからだ。

「このところ、グリフォン様はずっとカグヤ様を独占していらっしゃるんですもの。親しくなるのは当然ですわ」

拗ねた口調で、シャーロットが言う。ここ数日まるで自分に構ってくれないことが不満だったのだろう。

「シャーロット。今日はカグヤを独り占めしたりしないから、そう拗ねないでくれないか」

苦笑混じりにご機嫌を取るグリフォンを、シャーロットが期待の籠もった瞳で見つめた。

「本当に?」

「外は生憎の雨だし、みんなでカードゲームでもするっていうのはどうだ？」

雨だからカグヤを連れ出すのを諦めたのか、最初からそのつもりだったのかはわからないが、そのグリフォンの提案に、シャーロットとヘンリーは一瞬にして乗り気になった。

「素敵。では、早速カード室に移動しましょう。ランスクネットがいいかしら？　それとも、フェロー？」

「僕はピケットが好きだけど、四人でやるとしたらフェローかな。ランスクネットだと、グリンの一人勝ちになりそうだし」

「シャーロットも加わるんだ。ちゃんと手加減するよ」

余裕の笑みを浮かべるグリフォンは、相当自信があるようだ。

「手加減なんていりませんわ。面白くありませんもの。それにお父様には、なかなかの腕前だって誉めていただきましたのよ」

グリフォンの申し出をきっぱりと断ったシャーロットに、ヘンリーが肩を竦める。

「やれやれ、うちのお姫様は負けん気が強い。カグヤはどう？　カードゲームなら何をやる？」

三人のやり取りをただぼんやりと傍観していたカグヤは、ふいに話を振られて困ったように眉根を寄せた。

「……カードゲームはやらないから、わからないな」

「そうなの？　カグヤならなんでも知っていると思ってたよ」

ヘンリーが意外そうに言う。

やる相手もいないのだから、覚える必要もなかった。これからもそんな機会はないはずだったが。

「俺が教えよう。やり方を覚えれば、夢中になること請けあいだ」

グリフォンは軽く請け負い、カグヤをみんなの輪の中に入れてくる。結局断る理由も見つからず、一緒にカード室に移動することになった。

またしても、グリフォンのペースだ。

カグヤは心の中で独りごちると、溜め息を吐いた。

グリフォンに強引に屋敷から連れ出され、美しいリルーシャの花を見たあの日から、思いどおりにならないことばかりが増えていく。

一日つきあうことにしたのは、カグヤといても退屈なだけだとグリフォンに知ってもらうためだった。そうすればすぐに興味も失せて、彼のほうから去っていく。それがカグヤの望みだった。

なのにグリフォンは退屈するような素振りも見せず、翌日もカグヤを連れ出そうとバードウィル邸を訪れた。

もう充分つきあったはずだとカグヤは強く拒んだが、グリフォンは言葉巧みに男爵夫妻を味方につけ、承諾せざるをえない状況を作ってしまった。心優しい夫妻は、部屋に引き籠もってばかりのカグヤを案じ、たまには気晴らしも必要だと考えたらしい。

それからは面白いと評判の芝居を観《み》に街へ出かけたり、市場をぶらぶらと見て回ったり、広場を散歩したり。グリフォンはカグヤを屋敷から連れ出しては、あの手この手で愉しませようと努めている。

昨日は新しく買い入れる馬の下見に街外れのオーキッド厩舎まで連れていかれ、その後ヘンリーたちへの贈り物を選ぶためあちこち店を見て回った。

今日もどこかへ連れ出されるのかと身構えていたが、この分だとどうやらヘンリーたちと一緒に過ごすことになりそうだ。

二人きりにならなくて済んだことに、カグヤはほっとしていた。

バードウィル家の人たちといれば平穏で心穏やかにいられるが、グリフォンといると先の予測はつかず、とても平静ではいられない。

それでもグリフォンと一緒にいることが愉しくないと言えば、嘘《うそ》になる。彼の細やかな気遣いやユーモアに触れる度に、突き放すことが苦しくなった。彼ほどカグヤをイラつかせる者は他にいないが、彼ほどカグヤを惹きつける者も他にはいない。

好奇心であれなんであれ、これほど誰かに追い求められたことがないからだろうか。自分のことなのに、今はよくわからないでいる。

カード室に着くと、最初のゲームを何にするかで意見は分かれたが、結局フェローをやるということに落ち着いた。

ゲームのことを何も知らないカグヤは、最初はグリフォンと二人一組でプレイすることになった。彼の指導を受けながら、やり方を学ぶのだ。

フェロー専用のテーブルの上にはスペードのAからKまでの十三枚のカードの絵と、ハイ・カードという文字が描かれていた。カードはKが一番強く数字が小さくなるにつれて弱くなる仕組みだ。

最初にヘンリーがディーラーになることが決まると、プレーヤーとなる二組には均等にコインが配られ、それぞれが選んだカードの絵の上に置いていく。ディーラーがシャッフルしたカードを捲る前に、コインをベット《賭け》するのだ。どこにどれだけベットするかはプレーヤーの裁量となる。

「今回は気楽に、好きな数字にベットすればいい。こんなふうに複数のカードの間にコインを置いて、纏めてベットすることもありだ。それに5のカードの上の位置にカードを置けば奇数に、2のカードの上の位置に置けば偶数にベットということになる」

簡単な説明をしたうえで、グリフォンはコインを数枚カグヤの掌に乗せて促してくる。

カグヤがどこに置こうか迷っていると、それまで肩の上でじっとしていたモモがテーブルに飛び乗った。そしてハイ・カードと書かれた場所にちょこんと座ると、ここだとばかりに尻尾を揺らす。

その愛らしい様子にシャーロットが目を細め、モモも参加させてあげましょうよと、優しく頭を撫でた。心優しいバードウィル家の人たちが気に入っているモモは、嬉しげにキキッと鳴くと、更に尻尾をくるくると回した。

カグヤはそれを微笑ましく見つめながら、モモがいる場所を指差す。

「このハイ・カードのところにも置けるのか?」

「ああ。説明するのにもちょうどいいし、置いてみるか」

そう言ってグリフォンがコインを置こうとするが、彼の指が近づくとモモがすぐに威嚇するので、カグヤが置くことになった。

「手加減なしということだし、勝利はいただきだな」

今回の分のベットを済ませ早くも自信家の顔を覗かせるグリフォンに、シャーロットは負けるものですかと勝ち気な瞳を輝かせ、ヘンリーはそんな二人を見て笑っていた。昔から何度もこんな光景が繰り返されてきたのだろう。

カグヤは自分でも知らぬうちに、彼らに羨望の眼差しを向けていた。

人であった頃出会っていれば、別の運命もあったかもしれない。そんな馬鹿なことを考えそうになる。

「よし、カードを捲るぞ」

ディーラーのヘンリーがカードを捲り、一枚を自分の左側に、もう一枚を右側に置くと、数字を読み上げた。

「勝利カードはハートのKで、敗北カードはダイヤの8」

「あぁ、なんてことでしょう。全滅ですわ」

「やったぞ、カグヤ。俺のは一枚的中だ」

嘆くシャーロットを横目に、グリフォンは右側のカードを指差し、歓声をあげる。

説明によると――ディーラーが出す二枚のカードは、右側が勝利カードで左側が敗北カードとなるらしい。

勝利カードと同じランク《数字》にベットしていればプレーヤーの勝ちで、二倍のコインを受け取ることができるが、反対に敗北カードと同じランクにベットしていれば、ディーラーの勝ちでコインは没収。

但し勝利カードと敗北カードが同じランクである場合は、ディーラーの半勝ちとなりコインは半分没収となる。

そのどれにも該当しなければ、コインは流されてしまう仕組みだ。

今回の結果を見ると、グリフォンが二つのベットのうち一つを見事的中させ、シャーロットと、モモの予想でベットしたカグヤは該当なしということになるのだろうか。

「最初から的中させるなんて、すごいな」

どうやらグリフォンには、幸運の女神がついているらしい。

「俺だけじゃなく、モモも当たってるぞ。ハイ・カードに置くと、勝利カードが敗北カードよりランクが上だと勝ちになる」

「モモもすごいじゃないか」

カグヤが誉めてやるとモモは嬉しくて堪らないのか、興奮したようにぴょんぴょんと飛び跳ねた。

『モモ、すごい？　やった。やったぁ』

カグヤ以外にはただの鳴き声にしか聞こえないが、それでも喜んでいることは充分に伝わったらしい。

「まぁ。ちゃんとわかっているみたいですわ。本当に頭のいい子ですのね。次は必ず私も当ててみせますわ」

一つも的中させることのできなかったシャーロットはますます闘志を燃やし、早く次のベットを始めてくれるようにせがんだ。

プレイはディーラーの持っている五十二枚のカードが総てなくなった時が終わりなので、誰にも勝つチャンスは充分にある。

それから回を重ねるごとに皆の勝負熱は高まっていき、だいたいのルールを覚えたカグヤも、モモを相棒に勘を働かせながらベットした。

グリフォンの秘かな助言どおり、出たカードのランクを記憶していき、残りのカードの中から次のランクを予測する。要は確率の問題なので、頭を使うが面白い。次のカードを予測できても、敗北カードに配置されてしまうこともある。

最後はかなりの接戦になったが、結局グリフォンとカグヤが一番コインを集め、納得がいかないと頬を膨らませるシャーロットが最下位で終わった。

「やっぱり、グリンは勝負強いなぁ。ランスクネットでなければ勝てると思ったのに。カグヤもなかなかの腕で驚いたよ」

「今回はたまたま運がよかっただけだろう」

それでもグリフォンのように幸運の女神がついているわけではないがと、カグヤは内心で呟く。

グリフォンはヘンリーの言葉どおり、恐ろしく勝負強かった。まるで本当に次のカードが読めているんじゃないかと疑う程に。

「そうだとしても、次からはお二人には別々にプレイしていただかなければ。さぁ、次はグリフォン様がディーラーの番ですわよ」

背筋をピンと伸ばして言うシャーロットに、グリフォンは苦笑う。

「わかった、わかった。だが、プレイを始める前に一息入れないか」

「賛成だ。喉も渇いたし、少し休もう」

すぐにグリフォンに同意したヘンリーは、脇に控えていたメイドにバーガンディーを用意するように指示を出した。

「私はマディラをお願い」

シャーロットが選んだマディラ酒は、甘くて女性に人気があった。

ほどなく運ばれてきた二種類のワインのデカンターから、それぞれ好みのワインをグラスに注ぐ。

カグヤにとってはどちらでも同じだったが、ヘンリーたちに合わせてバーガンディーを選んで軽く口をつけた。

「そういえば、もうお聞きになりまして？　エクサーヌ伯爵のお屋敷でも、メイドが一人街に使いに出たまま消えてしまったのですって。先月はブラッドベリー子爵のお屋敷のメイドがたて続けに二人も消えてしまい、まだ戻っていないんですのよ。いったい彼女たちに何があったのかしら」

「君たち御婦人方は、本当にそういう噂話を仕入れてくるのが早いね。年頃のメイドが消えたのなら、恋人と一緒にいるんじゃないか？　そのうちひょっこり戻ってくるよ。なぁ、グリン」

　御婦人方の噂話にはいちいちつきあっていられないと、ヘンリーは適当に答えて続きをグリフォンに任せる。

「どうだろうな。仕事を放り出して消えれば、解雇されても文句は言えない。新しい仕事先を見つけるにも、推薦状がなければまともなところでは働けないはずだ。いくら恋人といたいからって、リスクが大きすぎるだろう。本当に何かあったのかもしれないな」

　グリフォンも軽く流すかと思っていたが、彼はなかなか鋭い推察力を持っていて、好奇心一杯のシャーロットを勢いづかせた。

「ええ。私もそう思いますわ。三人とも、荷物は何一つ持ち出していませんのよ。もし駆け落ちするにしても、荷物は必要ですわ。それに家族にも黙って突然消えるなんて。カグヤ様はどう思われます？」

　荷物も何も持たず、家族にも黙って突然消える。カグヤに思いつく理由は、一つしかなかった。

「……何もかも……総てを捨てても構わないほど、愛する人がいたのかもしれない」

　絞り出したような掠れた声が、カグヤの唇から零れる。

　遠い昔、カグヤは愛する人といるために総てを捨てた。家も、家族も、人として生きることさえ。何を捨てることになっても決して後悔しないと、彼に誓った。

その後、自分にどんな運命が待っているか知りもせずに……。

「随分と情熱的なことを言うんだな。カグヤも愛する人のためなら、総てを捨てるのか？」

なぜかグリフォンの口調は厳しく、探るような視線が向けられる。途端に喉の奥に何かが詰まったような息苦しさを感じ、カグヤは顔を歪めて喉元を押さえた。

お前に何がわかるというんだ。

何も知らないくせに。

口を開けば、そう叫んでしまいそうだった。

そんなカグヤの様子に気づいたヘンリーが、庇《かば》うように割り込んでくる。

「僕だったら、無理かもしれない。譬えレティシアのためでも、総てを捨てるには勇気がいる。僕にその勇気はない。でも、これはレティシアには内緒にしてくれよ。彼女を愛していることには間違いないんだから」

「お兄様ったら、意気地なしね。グリフォン様だったら、どうなさいます？」

愛に夢を見る年頃のシャーロットはヘンリーの選択に不満げで、グリフォンの答えを期待していた。

「俺なら捨てる。何もかも総て。それしか愛する人といる術がないのなら、俺はきっとそうするだろう」

躊躇なく答えたグリフォンに、シャーロットはうっとりとした顔をする。愛する人のために総てを捨てるということが、とてもロマンティックに思えているのだろう。

だが実際は、そんな簡単なことじゃない。

その時はわからなくても、後で必ず知ることになる。どんな決断にも代償はつきものだということを。

「カグヤ？」

ヘンリーの気遣うような声に、カグヤははっとなった。自分の思考に引きずられ、周りが見えなくなっていた。

「すまない。酷く頭が痛む。部屋に戻らせてもらっても、構わないか？」

蟀谷《こめかみ》を押さえながらそう切り出したカグヤに、グリフォンがすぐに反応する。

「今度はちゃんと医者に診《み》せたほうがいいんじゃないか？」

「お医者様なら、ドクター・セルディンをお呼びしたらどうかしら。とっても素敵で有能な方だと評判ですのよ」

シャーロットまでが加わってきたが、余計な気遣いでしかない。

「医者は必要ない。いつものことだ。静かに横になっていれば、じきに治る。みんなはゲームを続けてくれ」

突き放すように答えて、カグヤは一人席を立った。シャーロットの指にじゃれていたモモが、急いで肩まで駆け上ってくる。

さっきまであんなに和んでいたのが嘘のように、カグヤの神経はぴんと張り詰めていた。グリフォンには、また部屋に引き上げるための口実だと思われているのだろうが、どうでもよかった。

カード室を飛び出したカグヤは、襲ってくる過去の記憶から逃げるように、必死で足を動かし続ける。

「待てよ。待ってくれ。俺が何か気に障ることを言ったのなら、謝る」

慌てて後を追いかけてきたグリフォンは、いつものように強引に引き止めてくるが、振り返ったカグヤの顔を見た途端困惑げな表情を浮かべた。

だが今のカグヤには、それを気にする余裕もない。

「別に謝ってもらうようなことは何もない。本当に頭が痛いだけだ。頼むから、一人にしてくれ。頼む……」

だんだん弱くなっていく声を絞り出し、グリフォンが引いてくれるのを願う。するとグリフォンは一度何かを言おうとして諦め、そして再び口を開いた。

「……わかった」

摑まれていた腕が自由になると、カグヤはすぐに彼から離れる。そして今度は振り返ることなく、廊下を進んでいった。一人取り残されたグリフォンは、カグヤの姿が見えなくなってもじっとその場に佇んでいた。

「なんであんな顔をするんだ」

そんな独白に顔を歪ませながら。


甦《よみがえ》ってくる記憶は、否応なくカグヤを過去へと引き戻す。

カグヤがまだ人として生きていた頃へ――。

領主の父を持つカグヤは、暮らしこそ豊かではあったが、常に孤独の中にいた。

父の愛人だった母は、東洋の小さな島国から売られてきたらしく、カグヤが六歳の時に近くの川に身を投げて還らぬ人となった。

ハナという名で呼ばれていた母の記憶は、僅かしかない。美しい人だったが、記憶の中の彼女はいつも国に帰りたいと泣いていた。異国での生活になかなか馴染むことができず、故郷が恋しくて堪らなかったのだろう。

母が亡くなった後は父の屋敷に引き取られたが、父がカグヤに関心を向けることはなかった。母が生きていた頃から、ずっとそうだ。

父には妻と三人の子供がいて、カグヤは親しくなれることを期待したが、自分がただの厄介者でしかないことはすぐに思い知らされた。

顔をあわせても無視されることがほとんどで、口をきくことも滅多になかった。愛人の子供だからというだけでなく、出自も不確かな異国の女との混血だということが許せなかったらしい。

父の元で暮らし始めてからカグヤが真っ先に覚えたのは、諦めることだった。希望を持ったところで、叶うことはない。

そしてカグヤは誰とも心を通わせることもなく成長し、二十一歳になったある日運命の出逢いを果たした。

父親が屋敷に招いた客人の中に、彼がいたのだ。

アーノルドと名乗った彼は、長い銀髪と紫色の瞳が強く印象に残る魅力的な男だった。彼はその外見の美しさもさることながら、豊富な知識や優しい人柄でもすぐに皆を夢中にさせた。

もちろんカグヤも例外ではなかったが、皆の話の輪の中に入ることはできず、遠くから眺めているだけだった。そんなカグヤにアーノルドが声をかけてきたのは、独り除け者にされているのを哀れんだからだろう。

それでもカグヤは、彼と話ができることが嬉しかった。

思いの外会話は弾み、話の合間に彼が笑うと、こちらまでつられて笑ってしまう。こんなことは初めてで、カグヤはまるで雲の上を歩いているような気分だった。

義母や兄妹たちは躍起になってアーノルドをカグヤから遠ざけようとしていたが、彼はカグヤの傍から離れず、ついに果たせなかった。

「いい気にならないことね。あの方はお優しいから誰にも構ってもらえないお前を可哀想《かわいそう》に思って、お情けで声をかけてくださったのよ」

「そうでなければ、誰がお前のような奴を相手にするものか。下賤《げせん》な血を引く、薄汚い混血め」

「アーノルドだって本当は迷惑していたさ。いつまでもべらべらと喋り続けて、こっちまでうんざりしたよ」

「今度あの方に馴れ馴れしく近づいたら、承知しませんからね。身の程を弁《わきま》えておとなしく控えていなさい」

アーノルドが引き上げていくと、義母たちは怒りを爆発させ、口々にカグヤを罵《ののし》った。

そして次にアーノルドが訪ねてきてもカグヤを部屋から出さず、決して彼に逢えないようにした。

忌み嫌っている愛人の子が、自分たちを差し置いて気に入りの客人の気を引いたことが、どうしても許せなかったのだろう。

この時もカグヤは仕方がないと諦めようとしていたが、アーノルドはこっそりと手紙を忍ばせ、外で逢う手筈《てはず》を整えてくれた。

それからのことは、夢の中の出来事のようだった。

家族の目を盗んで屋敷を抜け出してはアーノルドの元へ駆けつけ、二人であちこち出かけたり、いろんなことを語りあった。

アーノルドは博識で、誰よりも優しく、美しい。そんな彼に友人として選ばれたことが、何より誇らしかった。

だがカグヤが外でアーノルドと逢っていることが義母たちにバレると、一切の外出を禁じられた。そのうえ部屋の扉には鍵がかけられ、すっかり閉じ込められてしまった。

逢えない日々が続く中で彼への恋しさは募っていき、カグヤは自分の想いが友情の域を飛び越えてしまっていることに気づかされた。

どうしてもアーノルドに逢いたい。その一心で窓から木を伝って脱出し、カグヤは彼の元へと急いだ。

そこで見た光景は、今でも鮮明に覚えている。

恐いくらいの静寂の中、アーノルドは美しい女性を腕に抱いていた。赤い唇を奪い、優しく頬に触れる。彼女はうっとりとした表情を浮かべ、彼のなすがままだった。

カグヤは胸が絞られるような痛みを感じ、顔を歪めた。アーノルドに愛する人がいるという現実が、カグヤを打ちのめしていた。

だがアーノルドの唇が女性の首筋に降りた時、甘やかな行為はすでに目的を変えていたことを知る。彼の口からは鋭い牙《きば》が覗き、その牙は彼女の白い肌に食い込んでいた。

何が起きているのか、すぐには理解できなかった。いや。頭が理解するのを拒んでいたのかもしれない。鋭い牙は、普通の人間にはありえないものだから。

カグヤは震える声で、彼の名を呼んだ。そしてアーノルドが弾《はじ》かれたように伏せていた顔をあげた瞬間、カグヤは総てを悟った。

女性の首筋からは赤い血が流れ、牙が残した二つの痕《あと》がくっきりと残っていた。それが意味することは一つしかない。アーノルドは人間ではなく、人の生き血を糧とするヴァンパイアなのだ。

カグヤに正体を知られたことに気づいたアーノルドは、女性に暗示をかけて解放すると、黙って立ち去ろうとした。彼がこのままカグヤの前から消える気でいるのは、間違いなかった。

そんな彼にカグヤは必死で縋った。

「アーノルドが譬え何者でも構わない。私も一緒に連れていってくれ」

「私と一緒にくるということは、君もヴァンパイアになるということだ。それでも一緒にきたいか？」

アーノルドの声はいつになく冷たかった。異端の者になるということよりも、置いていかれるかもしれないという恐怖が、カグヤの身体を震わせた。

「貴方と離れたくないんだ。貴方を失ったら、私の心は死んでしまう。お願いだから、置いていかないでくれ。愛してるんだ……アーノルド」

涙が次々と頰を伝って零れ落ちていく。

「私も君を愛しているよ。多分君が思っている以上にね」

アーノルドの表情は苦渋に満ちていた。

「愛してくれているのなら、連れていって」

「総てを捨てることになっても？」

「構わない。何を捨てても、貴方が残るならそれでいい」

家にも、家族にも未練などなかった。カグヤが消えていなくなっても、哀しむ者など誰もいない。

人として生きられなくなるとしても、アーノルドのいない世界に生きている意味はなかった。

「この手を取れば、どんなに後悔しても引き返せないぞ」

最後までアーノルドはカグヤに警告したが、もう覚悟はできていた。

「絶対に、後悔などしない」

アーノルドから差し出された冷たい手を強く握り締め、カグヤは心からそう誓った。

あの時一瞬アーノルドの瞳に哀しみの影が過《よぎ》ったのは、彼にはその誓いの結末が見えていたのかもしれない。


次々と甦る記憶に疲弊したカグヤは、自室に辿り着くなり大蓋つきのベッドに倒れ込み、眠りに就いた。今眠ってしまうのはまずいと思ったが、どうにもならなかった。

これまで連日日中に出歩いていたせいで体力が消耗し、弱っていたせいもあるだろう。それから丸二日、カグヤは昏々《こんこん》と眠り続けた。

カグヤがそうして眠っている間、ヘンリーが事情を知らないシャーロットや使用人たちに入室を禁じてくれたため、正体を疑われるようなことにはならずに済んだ。

それでもグリフォンが無断で侵入したりはしなかったかと不安に駆られたが、彼はあの後から姿を見せていないらしい。

ようやく飽きてくれたのかとほっとする反面、寂しさも覚えた。認めたくはないが、グリフォンに惹かれているのは否定できなかった。

だが彼とは生きる世界が違っている。

最初から、グリフォンには関わるべきではなかったのだ。このまま離れていくのなら、そのほうがいい。

『カグヤ。大丈夫？　変な顔してる』

小さな手でペタペタと頬を触ってくるモモに、カグヤは無理して笑みを作る。自分がどんな顔をしていたのか、容易《たやす》く想像できるのが辛い。

「大丈夫だ、モモ。なんでもない。今から庭に出てみるか」

カグヤがグリフォンと外出している間、モモは自由に森を探険したりしていたようだが、まだまだ遊び足りないはずだ。

それにカグヤはまだ体力が完全に回復しきったとはいえないし、庭園なら目的を果たすことができる。

『やった。綺麗な虫いるよ。モモ、捕まえてやる』

燥《はしや》いで先を行くモモを追って庭園に出ると、やけにどんよりとした空模様だった。そのうち雨でも降ってきそうだ。

普通なら歓迎できない天候だろうが、カグヤにはこれくらいがちょうどいい。

「モモ。私は薔薇《ばら》園のほうにいるから、好きに遊んでおいで」

小さな虫を捕まえるのに夢中になっているモモに一声かけて、カグヤは独り薔薇園に向かう。

広大な庭園には様々な花が植えられているが、その中でも薔薇の種類が一番豊富だった。少しずつ開花の時期がずれているため、一年中綺麗な花を観て愉しむことができる。この薔薇園の一角を、バードウィル男爵はカグヤに贈ってくれていた。

自分に吸血行為を禁じているカグヤにとって、植物の精気が唯一の糧となる。だから時々ここに来ては、薔薇から精気を分けてもらっていた。

バードウィル家の人たちが異質な存在のカグヤを恐れたりしないのは、ただ先祖の恩人だからというだけでなく、多分そこにも理由があるのだろう。

本来ヴァンパイアは人の生き血を糧とする生き物で、他の何かで代用することはありえない。だがカグヤはもう長い間、植物から精気を分けてもらうことで、血の誘惑から逃れてきた。

アーノルドのような純血種は吸血衝動が強く、本能を抑制することは難しかったが、人間から転生した亜種であるカグヤは、人であった頃の記憶ゆえか代用品でもなんとか飢えを誤魔化すことができた。

それでもやはり満足するには全然足りなくて、カグヤは限界がくると眠ることで消耗した体力を回復させて補っている。

そうしなければ本能に負けて、人を襲ってしまわないとも限らない。カグヤが一番恐れているのは、それだった。

アーノルドと共にいた頃は彼から血を摂ることができたが、彼はもういない。カグヤはこれからも、独りで血の誘惑と闘いながら生きていくしかないのだ。

満開の薔薇の花にそっと手を触れると、精気を奪われた花は総て、みるみるうちに枯れていく。この瞬間は何度見ても罪悪感で胸が痛んだ。

「すまない。折角美しく咲いていたのに……」

カグヤは枯れた薔薇の花に心から詫びる。

「でも私は、どうしても人を襲いたくないんだ」

苦しい胸のうちを吐露した背後から、聞き慣れた声が聞こえた。

「どうしたの？　カグヤ」

「ヘンリー。これは……」

枯れた薔薇をヘンリーの目から隠したかったが、もう遅い。

できれば見られたくなかった。その思いが伝わったのか、ヘンリーはすまなそうな表情で近づいてくる。

「ああ、そうか。ごめん。貴方は人の血を吸わない代わりに植物の精気が必要なんだってこと、忘れていた」

それはそうだろう。自分の異質さを思い出させるような真似は、今までカグヤが慎重に避けてきたのだから。

「こんなに綺麗な薔薇を無残に枯らしてしまって、すまない」

「薔薇も貴方の役に立てて喜んでいると思う。それに枯れてしまっても、来年はまた新しい花を咲かせてくれるよ」

「そうだな」

ヘンリーの優しさに救われて、カグヤは心の中で枯れた花に感謝の言葉を贈った。

そのまま暫く二人で薔薇を眺めていると、ヘンリーが遠慮がちに問いかけてくる。

「カグヤ。訊いてもいいかな?」

「ん?」

「グリンのことだよ。どう思ってる? 最初は嫌っているのかと思ったけど、そうじゃないよね」

ヘンリーは普段はあまり口出ししてこないが、決して鈍いわけではない。グリフォンに対するカグヤの気持ちの変化を、以前から感じ取っていたようだ。

「……私はグリフォンが恐いんだ。彼はずかずかと私の心の中に入り込んできて、忘れていた記憶や感情を甦らせる」

そのせいで孤独に慣れたはずの心が、揺らぎ始めていた。

「それはグリンが特別だから? カグヤがそんなふうに心を掻き乱されるなんて、今までなかったことだろう?」

「確かに特別なのかもしれない。だが、それを認めたところでどうにもならない。私と彼とは生きる世界が違っている」

カグヤがヴァンパイアである以上、二つの世界が交わることはない。絶対に交わってはいけないのだ。

「グリンもカグヤが特別だったら?」

ヘンリーの問いに、カグヤは首を横に振った。

「彼はただ私を情人の一人にしたいだけだ。それももう、諦めたみたいだがな」

「諦めた? それはないと思うな。グリンはいつになく本気に見えるよ」

片方の眉を上げて、ヘンリーが言う。

「グリフォンがどういう気でいても、もうこれで終わりだ。私もそろそろ自分の世界に戻るべきだ」

「それって、まさかここを出ていくってこと⁉」

驚きの声をあげるヘンリーは、引き止めようとするように両肩を摑んできた。その想いはありがたいが、もう潮時だろう。

引き伸ばせば引き伸ばした分だけ別れは辛くなり、その後の日々は虚しくなる。

「お前の婚約者に逢わせてもらったら、ここを離れようと思っている。もともとそのつもりだったし、これ以上長居はするべきじゃない」

カグヤに留まる理由を作るため、ヘンリーがレティシアとの対面を先延ばしにしていることは気づいていた。なのに今まで気づかぬふりで甘えてきた。こんな甘えも、もう捨てなければ。

カグヤがきっぱりと告げた時、茂みの向こうからここにいるはずのない男が現れた。

「こそこそと、逃げ出す相談か？　カグヤ」

「グリフォン。もう来ないはずじゃ……」

皮肉に口許を歪めたグリフォンを見つめ、カグヤは力なく呟く。

「諦めたと思ったんだろう？　生憎だが、それはないな。急な用事で屋敷を抜けられなかっただけだ。逃げる気なら、その間に実行すべきだったな」

グリフォンの物言いは、今までになく辛辣《しんらつ》だった。彼はかなり腹を立てているらしい。

「私は別に逃げ出すわけじゃない。また旅に戻るだけだ」

「さっき聞いた話だと、とてもそうは思えないな。俺が特別だと言いながら、どうして逃げる？」

「話を聞いていたのか⁉」

現れたタイミングからカグヤの最後の台詞を聞いただけかと思っていたが、どうやらグリフォンは、もっと前から二人の会話を聞いていたらしい。

だが、いったいいつから聞いていたんだ？

まさか最初から？

正体がバレた可能性を考え動揺するカグヤを見兼ねたのか、ヘンリーが間に入った。

「カグヤ。少し二人で話をしたら？　どうしてもグリンを諦めさせたいなら、そうするしかないんじゃないかな」

最終的には暗示をかけてグリフォンを諦めさせるしかないと、ヘンリーは示唆しているのだ。

「……そうだな。それしかないだろう」

そう言って頷くカグヤをまだ不機嫌な顔で見ているグリフォンは、これから自分がされようとしていることを何も知らない。

そして何も知らないままに、総ては終わってしまうだろう。

この二日間。グリフォンは思い悩んでいた。

カード室を飛び出したカグヤを引き止めた時に、振り返ったカグヤの表情がどうしても忘れられなかった。今にも泣きだしてしまいそうなその表情に、グリフォンは胸を剣で突かれたような痛みを覚えた。

ゲームに興じている間は、本当に愉しげだったのに。急に様子がおかしくなった。ただの噂話から発展した他愛ない話の何が、あれ程カグヤの感情を揺さ振ったのか。グリフォンにはよくわからなかった。

愛する人のために総てを捨てることができるか、否か。

あの時グリフォンは心のままに答えたが、貴族社会に身を置く以上それが許されないことも承知していた。ただカグヤに総てを捨てさせる相手が現れるかもしれないと思うと、無性に腹立たしく、張りあわずにはいられなかった。

もしかしたらそんなグリフォンの態度が気に障ったのかと思ったが、あの時見たカグヤの表情はそんな単純な理由ではとても納得できない。

いったい彼はどんな事情を抱えているのだろう。グリフォンはそれが知りたかったが、まるで傷ついた子供のように身体まで震わせていたカグヤを、これ以上追い詰めるようなことは躊躇われた。

だからカグヤが少し落ち着くまで時間を置こうと、二日も逢いに行くのを我慢して、その間ずっと彼のことを案じていたというのに。ようやくこうして訪ねてみると、彼はグリフォンから逃げ出すために、この国を離れようとしていたなんて。これで腹を立てずにいられるほうがおかしいだろう。

　正確に言えば、グリフォンから逃げ出すためにとはっきりカグヤが口にしたわけではないが、そうとしか思えなかった。

　特別だと言われた歓喜も、すぐに消えた。

　グリフォンのことが特別だと認めながら、カグヤはなぜ逃げようとするのか。生きる世界が違うなんて、決めつけられていることにも腹が立つ。

「で、どうやって諦めさせるつもりだ？　先に言っておくが、俺は何を言われようとカグヤを諦める気はないからな」

　二人で話をさせるためにヘンリーがその場を離れていくと、グリフォンは腕を組んでカグヤに対峙《たいじ》した。

　カグヤはグリフォンの射るような視線を受け止めながら、立ち位置を変える。すると彼の背後から、それまで見えていた枯れた薔薇に変わって、見事に咲き誇っている美しい紅薔薇が現れた。

　カグヤがわざと枯れた薔薇を視界から隠したような気がしたのは、気のせいだろうか？

「グリフォン、場所を変えないか。向こうの東屋《あずまや》なら落ち着いて話ができる」

　グリフォンは場所なんてどこでも構わなかったが、カグヤがこの場を離れたがっている気がして、提案を受け入れた。

沈黙したまま二人で東屋に向かっていると、白い猿が主人の姿を見つけて飛んでくる。

「キキキーッ、キッキキッ」

直《す》ぐ様グリフォンを威嚇し始めたモモは、本当にカグヤを護る騎士のようだ。だがやはりグリフォンにとっては、ただの邪魔者でしかない。

どうやって追い払おうかと思案していると、カグヤが先に行動に出た。

「すまない、モモ。グリフォンと話がある。暫く二人にしてくれないか」

「キーッ、キキッ、キキキーッ」

「心配しなくていい。大丈夫だ。まだ向こうで遊んでいるといい。ついてきては駄目だ」

まるで言葉が通じているかのように、カグヤとモモは会話を交わす。

グリフォンも愛馬のルシャール相手によく喋っているが、それとは顕らかに違っている。カグヤとモモの間には特別な絆《きずな》があるのだと思うと、嫉ましさが募った。

「騎士を追い払ってよかったのか？　一人で俺から身を護れるとでも？」

モモを残して東屋に入ると、グリフォンの唇からは尖った声が飛び出した。

「お前は無理強いなどしないはずだ。それにもしそんなことになっても、自分の身は自分で護れる」

グリフォンを撥《は》ね除《の》ける力もないくせに、やけにきっぱりとした口調でカグヤが言う。前置きの言葉どおり、グリフォンがそんなことはしないと思っているから言えるのだろう。

買い被りすぎだと心中で返しながら、グリフォンは近くの柱に寄りかかった。

「グリフォン。さっきの話……いつから聞いていた？」

ベンチに腰を落ち着けたカグヤが、立ったままのグリフォンを見上げるようにして訊いてくる。

「いつからって、そんなことが問題か？　最初から盗み聞きするつもりでいたわけじゃないぞ。ヘンリーが俺のことをどう思うか訊いているところに行きあったから、カグヤがどう答えるか知りたかっただけだ」

そう聞いて顕らかにほっとした様子のカグヤに、グリフォンは訝しげに眉根を寄せた。

「俺に聞かれたらまずいことがあったようだな」

「別にそんなことはない」

カグヤは口早に否定するが、それが嘘だということはもうわかっている。

「カグヤはいつも何かを隠している。いったい何を隠しているんだ？」

今まではそれを追究すれば、カグヤを余計に警戒させる気がして気づかぬふりをしてきたが、彼が逃げるつもりならこれ以上気遣ってはいられなかった。

「それは……」

口籠もるカグヤに、一歩近づく。

「こんなふうに、ずかずかカグヤの心の中に踏み込もうとするから、俺が恐いんだろう？

だが俺はカグヤのことがもっと知りたい。なぜ俺から逃げる？

「……本当の私を知れば、逃げていくのはお前のほうだろう」

静かに告げるカグヤは、またあの陰りのある瞳をしていた。その理由さえ彼は教える気がないのだと思うと、グリフォンはイラつく。

「どうして勝手に決めつける。俺がそんな臆病《おくびょう》者だと？」

強い口調で詰問したグリフォンに、カグヤは俯きながら答えた。

「私がお前たちとは違うからだ」

「どう違うっていうんだ。生きる世界が違うとか、そんなことを言われても納得しないぞ。どんな世界に生きていたって、カグヤはカグヤだろう。俺が欲しいのは、目の前のお前だ。これ以上に、確かなことはない」

激情に駆られたグリフォンは、俯いたカグヤの顎を持ち上げて視線をあわせると、気持ちのままに言葉をぶつけた。

カグヤの表情が何かを堪えるかのように、一瞬歪む。そのまま泣きだすかと思ったが、そうはならなかった。

カグヤは静かに立ち上がると、冷たい手でグリフォンの頬に触れてくる。

「すまない、グリフォン。私はお前に関わるべきじゃなかったんだ。私のことは、もう忘れてくれ」

カグヤの震える声には、まるでそう祈っているような悲痛な響きがあった。

カグヤはきっと、こうして忘れられることを祈りながらも、本当は忘れられることを恐れているのだ。

「俺はカグヤを忘れたりしない」

何も心配はいらないのだと伝えたくて、グリフォンはカグヤを強く抱き締める。カグヤはなんの抵抗もせず腕の中に収まったが、消え入るような声で何かをぼそりと呟いた。

「……どうして……効かない……」

「あ、痛かったか？」

力を込めすぎたかとグリフォンが慌てて腕を放すと、カグヤが縋るような瞳でじっと見つめてくる。

「カグヤ？」

怪訝そうに声をかけると、カグヤは途方に暮れたような顔をした。

「やっぱり、駄目なのか……」

茫然《ぼうぜん》と呟く彼に、グリフォンは困惑する。

グリフォンがカグヤの願いを聞き入れないことは、多分彼も予測していたはずだった。なのに今更こんなにショックを受けるなんて。

いったいどうしてしまったんだ？

顕らかに酷く動揺しているカグヤを落ち着かせようと、グリフォンがそっと腕に触れた瞬間、彼は弾かれたように後退《あとずさ》り、そのまま東屋から飛び出していく。

さっき降りだしたばかりの雨が、容赦なく身体を濡らしていくが、カグヤは気にする様子もなかった。

焦って後を追ったグリフォンは、とにかく彼を捕まえなければと、後ろから飛びつくようにして動きを封じる。その勢いで二人で芝生に倒れ込んだ。

「何度逃げれば気が済むんだよ」

グリフォンは俯せ状態のカグヤの身体を強引に仰向《あおむ》かせ、上から睨めつける。

だが雨で頬を濡らしたカグヤがまるで泣いているように見えて、それ以上責めることはできなくなった。

震えるカグヤは、このまま消えてしまいそうなくらい弱々しい。

「どうすればいいんだ……」

独白とも問いかけとも取れる呟きを漏らし、カグヤは両手で顔を覆った。

カグヤは何かを恐れ、怯えている。

それが何かはわからないが、彼を傷つける総てのものから護ってやりたい。その想いに駆られ、グリフォンはカグヤの両手に優しく口づけた。

だがカグヤから返る反応はなく、顔を覆ったままの両手を退《ど》けると、彼は目を閉じてじっとしている。

「大丈夫か？」

心配で呼びかけながら頬に触れても、カグヤはぴくりともしない。どうやら意識を失っているようだ。精神的に追い詰められたせいで、堪えられなくなったのかもしれない。

カグヤの顔色は紙のように白く、まるで生気が感じられなかった。

これ以上カグヤを雨の中にいさせるわけにはいかないと、グリフォンは意識のない彼の身体を両腕で抱え上げ、足早に歩きだす。だが屋敷の中には戻らず、表で待機させていた四輪馬車へと乗り込んだ。

濡れた服を早く着替えさせてやりたかったが、少しの間我慢してもらうしかない。

バードウィル邸では所詮《しょせん》グリフォンは部外者だ。こんな状態のカグヤを連れて戻れば、すぐに部屋から締め出されるのは目に見えている。

今カグヤから離れるのは、恐かった。彼はグリフォンから逃げ出すつもりでいたのだ。目を離せば、そのまま消えてしまうかもしれない。そうさせないためにも、カグヤの傍にいる必要があった。

道が悪いせいで馬車はかなり揺れていたが、カグヤは一度も目を開けることなく、グリフォンの腕の中で眠り続けていた。直視できない現実から逃れるかのように。

それから馬車は暫く走り続け、森の中に建てられたラドフォード家所有の狩猟小屋に到着した。屋敷に連れていくことも考えたが、家人にいろいろ詮索される煩わしさを思うと、誰の邪魔も入らない場所のほうが都合がよかった。

狩猟小屋とはいっても造りはしっかりしているし、数人の客人が宿泊してゆっくり寛《くつろ》げるだけの広さもある。それに先日父親が狩猟の会の仲間たちと使用したばかりだから、清掃もされていて必要なものは大方揃《そろ》っているはずだった。

グリフォンはカグヤを抱いたまま小屋に入ると、まずは御者に命じて居間の暖炉《だんろ》に火をおこさせた。

いくら体質だとはいっても、カグヤの身体の冷たさが気にかかる。雨に濡れたせいでかなり体温が奪われているようだ。

暖炉の前の長椅子《ながいす》にカグヤの身体を横たえ、グリフォンは濡れた上衣を脱ぎ捨てると、明日迎えにくるようにと指示を出し、御者を引き上げさせた。

これでもう邪魔する者は誰もいないし、目を醒ましたカグヤがすぐに帰りたがっても、断念せざるをえないだろう。

グリフォンはとりあえず安堵すると、タオルを探すために居間を出た。ついでに着替えもいくつか見繕って戻ってくると、さっきまで長椅子に身体を投げ出すようにして眠っていたはずのカグヤが、身を起こしていた。

「起きたのか。だったらちょうどいい。濡れた服は脱いで、これに着替えるといい。タオル

いる。

グリフォンが着替えとタオルを差し出しても、カグヤは要領を得ない顔でぼんやりとして

もここにある」

「どうした？　カグヤ」

「……私は確か、東屋でお前と……」

意識を失う前のことを思い出したのか、カグヤは途中で言葉を切ると、はっと目を見開いて辺りを見回した。

「ここはどこだ⁉」

見覚えのない場所にいることに、カグヤは困惑している様子だった。意識を失う前の記憶とも繋がらないのだから、それも無理はない。

「うちの所有の狩猟小屋だ。気を失ったカグヤを馬車でここまで運んできた」

グリフォンの説明を聞いても、カグヤの表情は変わらなかった。

「どうしてそんなことを……」

「まだ話はついていないだろう。ここならゆっくり二人で話の続きができる。無断で連れてきたのは悪かったが、カグヤだって勝手に逃げようとしていたんだからおあいこだろう」

カグヤの瞳を覗き込みながら、グリフォンは強い口調で告げた。哀しげに揺れる瞳は、すぐに逸らされてしまう。

「私は、お前といるわけにはいかないんだ。わかってくれ、グリフォン」

カグヤは同じような拒絶の言葉を繰り返すだけで、グリフォンを納得させられると思っているのだろうか。

「そんなのでわかるわけがない。理由があるなら、はっきりした理由を教えてくれ。誰か裏切れない相手でもいるっていうのか？」

「……そんな相手はいない」

一瞬カグヤが逡巡《しゅんじゅん》したのに気づいたグリフォンは、カッとなった。

「本当に誰かいるのか!?」

カグヤに自分以外の特別な相手がいると考えただけでも、胸の奥が焦げつきそうな気がする。

「ち、違っ……」

グリフォンは焦ったように否定の言葉を口にするカグヤを長椅子に押し倒し、更に何か言おうとするのを遮って強引に唇を奪う。

「……んっ……ん……っ……」

すぐに開いていた唇の間から舌を滑り込ませると、深く貪った。当然カグヤは酷く抵抗してきたが、グリフォンは力でそれを押さえ込む。

重なった唇も、絡めた舌も、驚く程熱を感じないのに、今のグリフォンにはそれに気づく余裕すらなかった。

「……ふ…っ…ん…っ……」

カグヤが抗えば抗うほど、全身の血が昂ぶり征服欲に襲われる。優しくしたかったのに、彼を貪ることしか考えられなくなっていた。

もっと、もっとカグヤを味わいたい。

「…イッ…」

引き抜く勢いで髪の毛を掴まれ、グリフォンがようやく唇を解放すると、カグヤは怯えた顔でこちらを見ていた。

身体は小刻みに震え、すぐには非難の言葉も出てこないらしい。

違う。こんな顔をさせたかったわけじゃない。

グリフォンは後悔に唇を噛むが、今更どうしようもなかった。カグヤを前にすると、どうしても自分がコントロールできなくなってしまう。

こんなことは初めてだった。

「恐がらせたいわけじゃない。だが、どうしてもカグヤが欲しいんだ。カグヤが欲しくて堪らない」

もどかしさに堪えかねて苦しげに訴えかけるグリフォンに、まだ怯えが浮かぶカグヤの瞳が迷うように揺れる。

だが、一度瞳を閉じ、そして再び開けた時にはカグヤは決意していた。

「……わかった。一度だけ……一度だけならお前と情を交わそう」

「一度だけ？」

まさかそんな制約をつけられるとは思ってもみなかった。

グリフォンの声に不満が表れていたのか、カグヤが硬い口調で告げてくる。

「そう。一度だけだ。その代わり、もう私には関わらないでくれ。それを約束できないなら総てを諦めろ」

カグヤが本気なのは、充分伝わってきた。

そこまでしても自分から逃れたいのかと思うと複雑だったが、まずは彼をこの手に抱くことが先決だ。

「随分不利な条件に思えるが、いいだろう」

グリフォンはカグヤの額に張りついた濡れた髪を掻き上げてやりながら、不敵に微笑みかける。

一度だけと約束したが、それを護るつもりは最初からなかった。カグヤはそのつもりでも彼の気を変える方法ならいくらでもある。

たった一度で終わらせてたまるものかと、グリフォンは胸のうちで独りごちていた。

第四章

グリフォンに暗示が効かないとわかった時、カグヤは目の前が真っ暗になった。

これは彼に忘れられたくないという想いを捨てきれなかった自分への罰なのかと、カグヤは思わずにいられなかった。

こうなる前に、もっと早くこの地を離れていればよかったのだ。それをいろいろ理由をつけて長居してしまったのは、偏《ひとえ》に心の弱さゆえだ。

そして今まさにこうして、グリフォンと情を交わそうとしているのも、カグヤの弱さが招いた結果なのだろう。

どうしてもカグヤを欲しがるグリフォンを諦めさせるには、もうそれしかないと考えたからだが、心の奥底に彼を欲しがる気持ちがなかったとは言いきれない。

一度だけでも、この行為が危険なことはわかっているのに。どこまで自分は身勝手なのかと、カグヤは自嘲する。

グリフォンに貪るように口づけられ、強く求められた時、身体の奥が騒つき長年忘れていた感覚が呼び醒まされそうになるのに怯えた。

きっとグリフォンは、いとも簡単にカグヤの欲望を掻き立ててしまうだろう。

本当は正体をバラしてでも、止めるべきなのかもしれなかった。これから情を交わそうとしている相手がヴァンパイアだと知れば、さすがのグリフォンも逃げ出すはずだ。だがそれはできそうになかった。

グリフォンに嫌悪の瞳で見られることを想像するだけで、胸が絞られるように痛む。誰よりも彼に、知られるのが恐い。

自分で思っている以上に、カグヤはグリフォンに囚《とら》われているのかもしれなかった。だからこそ、カグヤもこれで総てを思いきらなくてはならない。

誰かの熱に触れるのも、これが最後だ。

「濡れたままでいたから、すっかり身体が冷えきっているだろう。もっと暖炉の近くに行こう」

凝った形に結んだクラヴァットを外しながら、カグヤを暖炉の傍へと促してくるグリフォンは、先程の激情が嘘のように落ち着いている。

カグヤが一度だけでも情交を約束したことで、焦りが消えたのだろう。すっかりいつもの自信家の顔を取り戻していた。

「ほら、まだこんなに冷たい。濡れてる服は、早く脱いでしまったほうがいいな。病気になってしまう」

カグヤの冷たい頬に触れ顔を顰めたグリフォンが、濡れて色の変わっている上衣を脱がせ始める。

このまま情交に及ぼうとしているのか、それともただ気遣ってくれているだけなのか、こういうことに不慣れなカグヤにはよくわからなかった。何しろカグヤはこの二百年近く誰とも肌を重ねたことがないのだ。

人と関わるのを避けてきたせいでもあるが、アーノルドを失った時に自分の心も一緒に死んでしまったのだと思っていた。アーノルド以外の人に惹かれることなど、決してあるわけがないと。

それにヴァンパイアにとって情交は、特別な意味を持つ。人と情を交わすには相応の覚悟が必要だった。

当然今のカグヤにも——。

「……グリフォン。これから情を交わすなら、護ってもらいたい条件がいくつかある。さっきのような口づけはしないでほしい。精液を口にするのも駄目だ。そして……身体を繋げるのも」

上衣を脱がし終え、クラヴァットにとめたブローチに伸びたグリフォンの手を摑み、カグヤは神妙な面持ちで告げる。途端にすっと彼の表情から笑みが消えた。

「なんだ、それは⁉　口づけすらするなって、どういうことだ。そんなじゃれあい程度で俺が満足すると、本気で思っているのか？　情を交わすと約束しておいて、身体を繋がず終われるとでも？」

グリフォンが憤慨するのも無理はない。だが、カグヤもこれだけはどうしても譲ることができなかった。なぜなら唾液や精液などの体液交換は、血を与えるのと同じく危険な行為だからだ。

人間がヴァンパイア化するには、ヴァンパイアの体液が必要になる。互いの体液が何度も繰り返し混じりあうことで、徐々に身体が人からヴァンパイアに造り替えられていくのだ。それには自分の血を吸ったヴァンパイアの血を摂取するか、情を交わして体液交換をすればよかった。

ヴァンパイアの血を繰り返し摂取すると人には毒となるが、体液を交換すれば毒は中和され変化が起きやすくなる。だから人間を仲間に加える場合、血を与え情を交わすのが一番だと言われていた。

アーノルドのような純血種のヴァンパイアなら、ほんの数回の体液交換で変化を起こせるが、カグヤのような亜種にそこまでの力はない。

グリフォンに一度血を与えてもなんの変化も起きなかったように、たった一度情を交わしたくらいでは、ヴァンパイア化する心配はないはずだった。そうでなければ、一度だけとはいえグリフォンとの情交を承知したりはしない。それでも、カグヤの不安は拭えなかった。ヴァンパイア化しないまでも、体液交換によりグリフォンの身体に某《なにがし》かの影響が出るかもしれない。そう考えると、本当は今でも逃げ出したいくらいなのだ。だが今更グリフォンが放してくれるとは思えない。

カグヤは羞恥《しゅうち》に堪えながら、せめてもの妥協案を口にした。

「身体は繋いでも……な、中で……出さずにいられるなら……」

「中で射精するなってことか？　子ができるわけでもないのに、そんなことを気にするとはね。だがそれならいいものがある」

グリフォンはそう言い置いて居間から出ていき、すぐに飾りのついた真鍮《しんちゅう》の箱を手にして戻ってきた。

そして箱を開けると、中身を取り出して見せる。端に絹のリボンがついた奇妙な細い袋状のものだ。

「これは？」

「以前知人から貰《もら》った物だが、ヴィーナスの手紙だ。これを着ければ、射精しても外に漏れないで済む。要は中に精液を出さなければいいんだろう？」

グリフォンの説明でようやく、彼が示したものが何か飲み込めた。

実物を見るのはこれが初めてだが、フランスではイギリス人の帽子と呼ばれ、梅毒の予防や、避妊のために使われているものだ。それをこんな形で使用することになるとは思ってもいなかった。

「それともカグヤは俺をからかっているのか?」

グリフォンの声は、再び尖っていた。カグヤがすぐに答えないことで、まだ躊躇っているのを感じ取ったからだろう。

「違う。からかってなどいない」

「そうかな。あれも駄目、これも駄目。次は触るのも駄目だと言いだすんだろう」

皮肉に歪むグリフォンの口許から目を逸らし、カグヤは返す言葉を探した。

「そんなことは言わない。グリフォン……わかってくれ。私はお前をからかうつもりも、怒らせるつもりもない。ただ……駄目なものは駄目なんだ……」

これでグリフォンが納得するはずはないが、他にどう言えばいいのかわからない。

案の定グリフォンは苛立《いらだ》ちを顕《あらわ》にした。

「勝手だとは思わないか? 肝心なことは何も言わないくせに、どうやってわかれというんだ。カグヤの真意がどこにあるのか、俺にはまるでわからない。だが、もういい。カグヤに言う気がないのなら、俺も好きにさせてもらう」

突き放すようにそう言うと、グリフォンは体重をかけてカグヤを絨毯《じゅうたん》の上に押し倒してきた。そのままヴェストのボタンを外し、ブリーチズを脱がせにかかるグリフォンにカグヤは焦った声をあげる。

「グ、グリフォン。さっき言った条件を護っ……」

総てを言いきらないうちに、カグヤの下肢を覆う物は膝丈の絹の靴下だけになっていた。

グリフォンの視線が剝き出しの下肢に注がれるのを感じ、カグヤは羞恥に身を震わせる。

これからすることを考えれば、このくらいのことで恥ずかしがってはいられないのだが。

「あ…」

太股《ふともも》をそろりと撫でられて、肌が粟立《あわだ》った。

「すっかり冷えきっているな。まぁ、すぐに熱くなるか」

カグヤの身体の冷たさに一瞬気遣わしげな顔をしたものの、グリフォンはすぐに薄笑いを浮かべ、両脚を大きく開かせてくる。

その脚の間に自分の身体を割り込ませ、グリフォンは羞恥に堪えているカグヤを見下ろしながら、ゆっくりヴェストとシャツを脱ぎ捨てた。

服の上からでもグリフォンが均整の取れた身体つきをしていることはわかっていたが、こうして見ると実に見事としか言いようがない。

剣の腕前もなかなかのものだとヘンリーから聞いていたが、身体も随分と鍛えてあるようだ。無駄な贅肉《ぜいにく》はなく、筋肉が綺麗についている。

すらりとした長身に優美に動く長い手足。それに引き締まったこの身体をもってすれば、誰もがグリフォンに魅了されるだろう。

アーノルドも美しい男だったが、生気のない彼はどこか作り物めいていた。だが目の前のグリフォンは、生気に満ち溢れ圧倒される程だ。

だからこそカグヤはグリフォンに惹かれるのかもしれない。

思わず見惚れていたカグヤはいつのまにか靴下を脱がされ、抱え上げられた左足の爪先へと口づけられていた。

濡れた舌が指に這《は》わされ、その感触に身体が微かに震える。

「……あっ……」

熱い口腔《こうこう》に指が含まれた途端、カグヤの唇から吐息混じりの声が漏れた。人の熱を感じるだけでも気持ちがよかった。

グリフォンは湿った音を立てながら、細い指を一本一本丁寧に愛撫《あいぶ》していく。指と指の間を何度も舌で擦《こす》られると、身体の奥から小波《さざなみ》のように快感が襲ってきた。

「……あ……っ……ぁ」

長年忘れていた感覚が呼び醒まされていくのがわかる。それも恐れていたとおり、いとも簡単に。

「随分感じやすいんだな」

言い当てられて、カグヤは追い詰められた気分になった。足を舐められたくらいで感じていることが酷く浅ましく思える。だが、踵《かかと》から脹脛《ふくらはぎ》へと辿っていく舌の動きに反応してしまうのを止められない。

「嫌、だ……」

カグヤは無意識に両腕でずり上がり逃れようとするが、難なくグリフォンに引き戻されてしまった。

「まだ逃げる気なのか」

「そういうつもりは……」

グリフォンから逃げようとしたわけではなく、自分の反応が恐かっただけだと正直に打ち明けるのは躊躇われた。

そうやって言い淀《よど》むカグヤに、グリフォンは眉間の皺を深くする。

「もう逃がす気はない」

その言葉を身を以《もっ》て知らしめるためか再び両脚を大きく開かれ、淡い茂みに顔が寄せられていく。

「あ、何を……グリフォン、駄目だ」

目的を悟ったカグヤは半ば悲鳴のような声をあげてグリフォンを止めようとするが、彼は構わず少し勃《た》ち上がりかけていたペニスを摑み口腔へと誘い込んだ。

ひゅっと息を飲み、カグヤは一瞬硬直する。まさかグリフォンがこんな愚行に出るとは考えていなかった。

このままではまずいとカグヤは焦って身を起こそうとするが、片腕で容易く押し戻されてしまう。

「駄目だ。グリフォン、やめてくれ。私は……本当に駄目なんだ」

カグヤの必死の訴えにもグリフォンは耳を貸す気はないようで、ペニスを啣《くわ》えた唇を上下に動かし始めた。

敏感な部分を唇で擦り上げられて、足の爪先がぴくぴくと反応する。熱い粘膜に包まれた気持ちよさも、快感を増幅させていた。

「やめ……ろ……やめてくれっ……」

カグヤはなんとかグリフォンの行為を止めようと、手に触れた彼の髪を摑むが、力を込めると同時に報復を受けた。

「……ッ……」

ペニスに歯を立てられ、その痛みにグリフォンの髪を摑んでいた手から力が抜ける。また嚙まれるかもしれないと思うと、恐くてろくな抵抗ができなくなった。

グリフォンは痛みを宥めるように萎《な》えかけたペニスに舌を絡め、カグヤの嚙み締めていた唇から再び甘い吐息を零れさせた。

「…は…ぁ……ぁっ…」

身体の奥に熱が溜まり始めたのを感じる。

先端の窪《くぼ》みを舌先で弄《いじ》られると、全身に甘い痺《しび》れが走った。グリフォンは執拗《しつよう》にそこへの愛撫を繰り返しながら、同時に袋を揉《も》んでくる。

細かく震える太股の裏側に力が入り、踵が絨毯を擦った。今にも腰から下が溶けだしそうだ。

「……も……やめ…あぁ…ぁっ」

だんだん大きくなっていく快感の波をなんとかやり過ごそうと、カグヤは白い喉を仰《の》け反《ぞ》らせ何度も左右に首を振る。

だが昂ぶったモノはもう解放をねだるように脈打ち、新たな刺激を待ち侘《わ》びていた。こうなったら自分の意志では止めようがない。

それでもグリフォンの口の中で果てるのだけは絶対に避けたいと、カグヤは必死で声を絞り出した。

「グリフォン……もう…達《い》くから……口…放し…て…」

そうしなければ、何が起こるかわからない。

縋るようにカグヤはグリフォンの名前を呼んだ。

何かが起こってからでは、もう遅いのだ。

グリフォンが顔をあげるとカグヤはほっとして身体の力を抜くが、昂ぶったペニスはまだ彼の手の中にあった。

根元を強く握られているせいで達くことができず、焦《じ》れたように腰が動く。

「達かせてほしいのか？」

意地悪く訊いてくるグリフォンにカグヤは素直に頷いた。なのにグリフォンはそれでは満足しなかった。

「ちゃんと言葉にしてくれないと、わからない」

そんなことはできないと一度は首を横に振ったが、達くことができない辛さにカグヤはすぐに堪えられなくなる。

「……達かせて……くれ……」

今にも消え入りそうな掠れた声で、カグヤは懇願した。グリフォンの口角が満足げにあがる。やっとこれで解放される。そう安堵したカグヤだったが。

「や……嫌だ、どうして⁉　あぁぁっ……」

熟れきったペニスはグリフォンの熱い口腔できつく吸い上げられ、ビリビリするような電流が足の爪先まで駆け抜けていく。頭が真っ白になるほどの高みに到達した後、待ち望んでいた瞬間は最悪の形で訪れた。

「……の……飲んだ……？」

濡れた口許を手の甲で拭いながら顔をあげたグリフォンは、勝利の愉悦に笑みを浮かべている。自分がどんな愚かなことをしたのかを知れば、そんなふうに笑うことはできなくなるだろうが。

「……なんて……こと…を……」

解放の余韻に震える下肢をグリフォンの目前に晒したまま、カグヤは顔を歪める。いっそこのまま泣いてしまいたかった。

あんなに念を押したのに、グリフォンは飲んでしまったのだ。何が起こるかわからないカグヤの精液を。

「好きにさせてもらうと言ったはずだ」

駄目だと言ったことを敢えてやってみせることで、それを証明したつもりなのかもしれない。カグヤを見下ろすグリフォンの瞳に、反省の色はなかった。

「……お前は何も…わかって…いない……」

多分グリフォンは、カグヤの出した条件など総て無視する気でいるのだろう。それでカグヤを征服できるとでも思っているのなら、愚かとしか言いようがない。

もうこれ以上続けることはできない。ここでやめなければ、何も知らないグリフォンにリスクを背負わせることになる。

カグヤはブリーチズのボタンを外すグリフォンの隙をついて蹴り退けると、急いで彼から逃れようとした。

　だがすぐに足がもつれてしまい、あっと短い声を漏らしながら目前の長椅子に向かって突っ込んでいく。

「危ないなぁ。怪我でもしたらどうする」

　衝撃を受けて揺れる長椅子ごとカグヤの身体を押さえたグリフォンが、背後から耳許に囁きかけてきた。

　声音は優しげだが、グリフォンが怒っているのは気配でわかる。声を荒らげられるよりそのほうが恐い。

「グリフォ…」

　耳朶《じだ》に吹きかけられる熱い息に肌がぞわりとなった。

「何度逃げても結果は同じだ」

「あう、っ」

　まるで罰するように耳朶に噛みつかれ、カグヤは長椅子の背もたれの縁を掴んでいた手にぎゅっと力を込めた。そんなカグヤにグリフォンは喉の奥でくくっと笑い、更に追い打ちをかけてくる。

「それに、今の自分の格好を忘れたのか？　こんな淫らな姿を晒して屋敷に戻れば、ヘンリーたちはなんと言うかな」

　剝き出しの尻を撫でられて、カグヤは恥辱に身を震わせた。グリフォンの言うように、逃げるのに必死になるあまり、自分の格好などすっかり忘れてしまっていた。

こんな格好でバードウィル邸に戻れるはずはないが、かといってどこに行きようもない。その事実にカグヤは打ち拉《ひし》がれる。

何をやっても、袋小路の中で足掻《あが》いているだけのような気がする。どんなに足掻こうと、逃げ道はない。

グリフォンはカグヤの耳をわざと湿った音を立てて舐めながら、尻を撫でる指を奥へと滑らせ後孔に触れてきた。長椅子に片膝だけ乗り上げた今の体勢では、脚を閉じて指の侵入を防ぐこともできない。

「や、あっ」

無遠慮な指が後孔の入り口をつつき、ぐいっと潜り込んでくる。

強引な異物の侵入に驚いた身体が反射的に指をきつく締めつけ、背後でグリフォンが舌打ちするのが聞こえた。

「ここを使ったことはあるんだろう?」

嘘をついても仕方がないと、カグヤは小さく頷く。グリフォンがそれに理不尽な怒りを抱いたのが、次の声音でわかった。

「なら、わかるはずだ。力を抜いて」

耳許で尖った声で命じられ、カグヤは力なく首を横に振る。

抵抗して従わないわけではなく、身体が強ばって言うことをきかないのだ。身体を密着させているグリフォンにも、それは伝わったらしい。

後ろから回した手をシャツの中に差し入れると、グリフォンは胸の小さな突起を捜し当て指先で摘《つま》み上げてくる。

「あぁっ」

摘んだ乳首を圧《お》し潰すように擦られ、身体に甘い痺れが走った。同時にグリフォンの指も締めつけることになったが、硬く尖った先端だけを優しく擦られているうち、その気持ちよさに徐々に力が抜けていく。

「気持ちがよさそうだな。胸を弄られるのが好きなのか？」

グリフォンは言葉でもカグヤを嬲《なぶ》り、羞恥を誘う。なのに。

「違う……あ、あ…ぁぁっ」

否定する傍から、グリフォンに巧みに愛撫され、それを裏切る嬌声《きょうせい》をあげてしまう。自分でも驚くぐらい、今のカグヤは感じやすくなっていた。

こういう行為自体が随分と久しぶりだからなのか、グリフォンが技巧に長けているからなのかはわからなかったが。

「カグヤは嘘つきだが、身体は正直だな。弄られて気持ちよくなる度に、中がぴくぴく動いて報せてくれる」

「そんなこと言……や、嫌だぁ…」

カグヤの中で動きを止めていた指が、内壁の感触を確かめるようにゆっくりと動きだし、カグヤは身体を戦慄《わなな》かせた。

最初は異物感しかなかったのに、敏感な内壁を擦られているうちに、快感が小波のように広がっていく。

多分グリフォンにもそれは伝わっているのだろう。カグヤの反応にあわせるように、指が動きを変えてくる。

唇を嚙んで堪えようとしても、切れ切れに声が漏れてしまう。

乳首を指先で捏《こ》ねるように弄られながら内壁を擦られると、下腹の奥が熱くなり、再び股間のモノが芯を持ち始めた。さっき放ったばかりだというのに、身体はどこまでも欲望に忠実だった。

中の指はいつのまにか二本に増やされ、内壁のどこかを強く擦られた瞬間、カグヤはびくんと身体を跳ねさせた。

「あっ」

「ここだな。カグヤのいいところは」

グリフォンは言うと同時に、さっきの場所をぐりぐりと刺激してくる。

「やぁぁ……あっ」

カグヤは堪らず、長椅子の縁を摑んだ手に額を押しつけながら身悶《みもだ》えた。完全に勃ち上がったペニスがゆらゆらと揺れている。

触られたわけでもないのに、痛いくらいに張り詰めていた。

「もうすぐにでも達きそうじゃないか」

ふっと笑ったグリフォンが、先走りの液が零れるペニスを指で弾く。カグヤはそのまま達ってしまうかと思ったが、グリフォンの手によって塞《せ》き止められた。

「まだ駄目だ」

項《うなじ》にかかる息にさえ、カグヤは過敏に反応する。

「なん…で……」

張り詰めたペニスは解放を許されないまま、後孔に出し挿《い》れされる指だけが増やされていき、行き場のない熱に追い詰められていく。

身体の内側から湧き上がる快感は確かにあるのに、達けない苦しさがそれを上回り、カグヤの瞳を潤ませた。

「言え…ば……いいのか……」

カグヤは震える声を絞り出す。

「何を?」

グリフォンがわざととぼけているのかどうかはわからなかったが、それに答える余裕はなかった。

言えばこの苦しさから解放されるなら、躊躇していられない。

「……達かせて……くれ……」

カグヤはさっきと同じ台詞を口にして、解放を乞う。だが、ペニスへの縛めは解かれず、代わりに後孔を犯していた指がずるりと引き抜かれた。その刺激にも、カグヤは身体を震わせながら堪えるしかなかった。

俯いたまま荒い息を吐き、なんとか熱から気を逸らそうとする。グリフォンに再び懇願するが、やっぱり無視されてしまった。

今までアーノルドとの甘やかな情交しか経験のないカグヤは、先の読めないグリフォンにただただ翻弄されるだけだ。

「自分だけ気持ちよくなられたら困る。次は俺の番だ」

グリフォンの声が耳許で聞こえたが、耳を素どおりしていく。カグヤの意識は一つのことに集中していた。

だから熱い何かが再び後孔に押しつけられても、すぐには気づかなかった。だが指で解された後孔に熱の塊が捻じ込まれ、その圧迫感と鈍い痛みに呻いた時、カグヤにもようやく状況が飲み込めた。

「あぁ、っ……グリフォン駄目だっ」

　グリフォンは悲鳴のような叫び声をあげるカグヤの腰をぐいっと引き寄せると、一気に最奥まで突き上げてくる。

　あまりの衝撃に目の奥がチカチカした。

「んぁぁっ」

　一度揺すり上げられると同時にペニスの縛めが解かれ、カグヤは太股を細かく痙攣《けいれん》させながら、長椅子に向かって勢いよく白濁した液を放った。

　待ち兼ねていた解放の瞬間だったが、ほっとしたのはほんの一瞬。達けない苦しみはなくなっても、別の責め苦が待ち構えていた。

　後孔の最奥に収まったグリフォンの熱いペニスが、まるでそれ自体が生きているかのように脈打って存在を主張しているのを感じる。

「つ……着けた…の……か……?」

　カグヤは首を後ろに振り向けながら、掠れる声で恐る恐る問いかけた。

　さっきグリフォンは『ヴィーナスの手紙』を使うと言っていたが、実際そうしたかはわからない。

「ああ、あれか。すっかり忘れていた」

「馬鹿な……」

　多分そうではないかと疑っていたが、はっきり肯定されるとショックは大きかった。

「仕方がないだろう。こうなったのも、カグヤが逃げようとしたせいだ」

「頼む。今からでも着けてくれ」

交換する体液は少なければ少ないほどいい。

カグヤはどこかに転がっているはずの真鍮の箱を探して、きつい体勢からあちこち視線を彷徨《さまよ》わせた。

だがグリフォンにその気はまるでなかった。いや。最初から使う気があったかどうかも怪しいところだ。

「俺は梅毒持ちではないし、終わったらちゃんと掻き出してやる。それにあれを着けるとあまり気持ちがよくないらしい」

「そんな問題じゃないんだ、グリフォ……あ、ぁあっ…お願いだ……グリフォン……」

軽く言ってのけるグリフォンに必死で言い募るカグヤだったが、返事の代わりに律動を開始されて、声に力もなくなっていく。

律動はゆっくりしたものから始まり、徐々にスピードがあがっていった。

「ふ…ぁっ……あっ…あ、ぁっ」

揺さ振られるままに、カグヤの唇から嬌声が漏れる。

止めなければ。やめなければ。と思っているのに、また欲望に流され始めていた。身体に走る甘い痺れを無視することはできない。

「んぁ……っ……はぁ……っ」

一ミリの隙間もないほどカグヤの中を占領している熱い塊が動く度に、腹の中から食い破られるような錯覚に陥る。

それでも蠕動《ぜんどう》する粘膜は歓迎して絡みつき、グリフォンの熱をもっと貪欲に味わおうとしていた。

きつい締めつけにあい、背後でグリフォンが小さく舌打ちする。

「くそっ。これじゃ、保たない」

グリフォンは忌ま忌ましげに呟くと、長椅子に乗り上げていないほうのカグヤの左脚を抱え上げ、角度を変えて穿《うが》ってきた。

カグヤは横に倒れそうになる身体を長椅子にしがみつきながら支え、激しさを増していく突き上げに堪える。

「このほうが、いいところに当たるだろう?」

「や、も……やぁ……」

ビリビリとした電流が背筋を駆け、カグヤは伏した手の甲に頬を強く擦りつけた。もっと快楽に浸りたいという欲求と、早くこの甘い責め苦から逃れたいという思いが、綯《な》い交ぜになっていた。

グリフォンの齎《もたら》す熱が、熱くて、熱くて。今にも身体が内側からどろどろに溶けだしてし

まいそうだ。

　ギリギリまで抜きかけては、一気に根元まで突き挿れる。グリフォンは何度もそれを繰り返し、高みを目指していく。

　カグヤもまるでそれしかできることがないみたいに、ペニスを昂ぶらせていた。いったい何回達けば気が済むのかわからない。

「気持ちがいい？」

「……い…い……」

　カグヤは朦朧としながら答える。

「……俺も気持ちよすぎて、保ちそうもない」

　腰を回すようにして最奥を穿ってきたグリフォンに、三度目の絶頂を迎えたカグヤは頭の中が真っ白になった。

「あぁ…ぁっ」

　だがぶるっと腰を震わせたグリフォンが、奥で張り詰めたモノを弾けさせたのを感じ、大きく瞳を見開く。

　駄目だ。中に出さないでくれ。

　頭に浮かんだ懇願の言葉を口にする余裕もなく、カグヤは最奥に叩きつけるようにして流れ込んでくる熱い飛沫《ひまつ》を受け止めるしかなかった。

「ん……」

グリフォンは抱え上げていたカグヤの左脚を放すと、射精したばかりのペニスを名残《なごり》惜しげにゆっくりと引き抜いた。

放心状態のカグヤは、長椅子に縋りついたままただ荒い呼吸を繰り返す。身体の奥から何かが自分を侵食していくのを感じる。アーノルドと情を交わした時とも違う。今までこんな感覚を味わったことはない。

「抑えがきかず、乱暴に扱ってしまった。大丈夫か？」

グリフォンに頬を撫でられただけで、身体が歓喜に震えた。

もっと触れられたくて、カグヤは離れていこうとする手を無意識に摑む。そしてその手に口づけ、長い指に舌を這わせた。

「いきなりどうした？」

突然積極的になったカグヤをからかうように、グリフォンが顔を覗き込んでくる。そうされて初めてカグヤは、自分のしていることに気がついた。

「私は……何を……」

カグヤは慌てて摑んでいた手を放すが、グリフォンはカグヤの潤んだ瞳を見つめて満足げな笑みを浮かべる。

「カグヤはもう少し、自分に素直になったほうがいいな」

唇を撫でてくるグリフォンの指に吐息を漏らしたカグヤは、誘うように薄く唇を開き侵入を許した。拒みたくても、身体が言うことをきかない。

「んっ……ん、んっ……」

口蓋や頬の内側の柔らかい粘膜を擦られ、気持ちのよさに肌が粟立つ。

二本の指がまるで口腔を犯すように出し挿れされるようになっても、カグヤはなんの抵抗もしなかった。それどころか、いつのまにか自ら指に舌を絡め、吸い上げていた。

行為に夢中になっているカグヤの唇からは唾液が零れ、長椅子に新たな染みを作る。その扇情的な様に煽られ、グリフォンが呻いた。

「これは、誘っているのか？」

違うと言いたいのに、身体の奥が騒つきそうだと言わんばかりに反応する。グリフォンが欲しいと、全身で訴えているような気がした。

グリフォンはそれを感じ取ったのか、口腔から指を引き抜くと、開いた唇から舌を差し挿れ深く口づけてくる。

頭の隅ではやはり駄目だと止める声が聞こえていたが、頭の芯まで痺れるような快感の前ではなんの抑制にもならなかった。

「ふ…ぁ……っ…ん、ん……っ…」

グリフォンの首にしがみつくようにして、貪るような口づけに応え、カグヤは絶え間なく続く快感の波に身体を震わせる。

「……っ……あっ……」

溢れてくる唾液ごと舌を吸い上げられ、足の指がぴくぴくと跳ねた。喉を伝っていく唾液がどちらのものか、もうわからない。

こんなに情欲に駆られてしまうのは、匂いのせいでもあるだろう。

グリフォンから薫る甘い匂いが、誘いかけてくる。血の匂いとはまた違う、酷く官能的な匂いだ。

最初は微かだった匂いも、情を交わしている間に徐々に強くなっていった。この匂いを嗅ぐと身体が熱くなり、グリフォンを求めてしまう。まるで本能が剝き出しにされていくみたいに。

体液を交換したことが原因なのかもしれないが、前例のないカグヤにはわからなかった。今のカグヤにわかるのは、この情欲に抗う術はないということだ。

「んっ…」

唇が離されても、カグヤはまだ未練ありげに薄く唇を開いたまま、グリフォンの濡れた唇を見つめていた。

「まったく、カグヤには本当に驚かされる。俺をこれだけ煽った責任はきっちり取ってもらうぞ」

見返すグリフォンの青い瞳も、情欲に満ちている。それを目にしただけで、期待に身体の奥が熱くなる。

「服を脱いで」

グリフォンはカグヤにそう命じると、自分も素早く脱いでいった。

カグヤは身体の奥の熱に急かされるようにグリフォンに従おうとするが、指が震えて上手くいかない。結局総てを脱ぐには、グリフォンの手を借りることになった。

「やっと、カグヤの総てが見られた」

グリフォンは一糸纏わぬ姿となったカグヤを絨毯の上に横たえ、その全身にゆっくりと視線を走らせる。

そうやってグリフォンの目に総てを晒していることにカグヤは羞恥を覚えるが、同時に酷く高揚していた。

「この白い肌を、俺の印で埋め尽くそう」

胸や腹を優しく撫で、グリフォンが囁く。

たったそれだけのことに、甘い吐息が漏れた。

「グリフォン……」

カグヤは掠れた声で彼の名を呼びながら、重なってきた身体を受け止める。そうやって肌をぴったり密着させると、グリフォンの鼓動が直に伝わってきた。

こうやって抱きあっているだけでも気持ちがいいが、もっと気持ちよくなれることをカグヤはもう知っている。

カグヤがグリフォンの背中に回した手に力を込めると、彼はくっと口角をあげた。

瞼《まぶた》や頬に口づけ、何度も角度を変えながら唇を貪った後、グリフォンは肌にちりっとした痛みを与えながら首筋から胸へと赤い印を残していく。

「まるで赤い花びらが散っているように見えるな」

「はぁ…ぁぁっ」

ゆっくりと移動してきた唇に左の乳首を強く吸われ、カグヤは白い喉を仰け反らせながら喘《あえ》いだ。

さっき散々指で弄られた後だからか、特に感じやすくなっているのかもしれない。

吸いながら硬く尖った先端を舌先でちろちろと舐められると、カグヤは痺れるような快感を堪えきれず、グリフォンの頭を抱え込む。

それが苦しかったのか、グリフォンが今まで愛撫していた乳首に歯を立ててきた。

「イタ…っ……噛まないで……くれ……」

痛みに怯え、カグヤが抱え込んでいたグリフォンの頭から手を放すと、じんじんと疼《うず》く乳首を舌先で転がすように舐めてくる。

再びカグヤが甘い喘ぎを漏らすようになると、グリフォンは右の乳首に指を這わせ、同時に刺激し始めた。

「や……ぁっ……」

異なる刺激は強烈で、カグヤは思わず絨毯に爪を立てる。

左の乳首を強弱をつけて吸われながら、右の乳首を指で圧し潰すように弄られると、あまりの快感に身悶えた。

昂ぶったペニスはグリフォンが身体を動かす度に擦られ、もっと強い刺激が欲しいと脈打っている。

「グリフォ……ン……お願……い……」

カグヤは自分から腰を押しつけるようにして、どうにかしてくれとせがんだ。そんな痴態を晒すカグヤにグリフォンは、ふっと笑う。

「また一人だけ達く気か？」

「あぁ……っ……お願……いっ……」

呆れられているとしても、構わなかった。グリフォンの息を肌に感じるだけで、腰が揺れてしまう。二百年近く自慰さえしたことがなかったのに、今のカグヤはすっかり情欲の虜だ。

「仕方がないなぁ」

グリフォンは言葉とは裏腹に満足げな顔でそう言うと、互いのペニスを擦りあわせるように腰を動かしてきた。

「ひぁ……っ…あ…ぁ…っ」

下腹に集まる熱は、身体の奥で甘い疼きに変わっていく。

グリフォンが昂ぶっていることもダイレクトに伝わってくるだけに、余計に興奮してしまう。

「もっと……強く……」

そんなカグヤの浅ましい願いを叶えるため、グリフォンがペニスを強く擦りあわせると、ぶるっと腰が震えた。そして呆気ないほど容易く、張り詰めたペニスを弾けさせる。

「カグヤは本当に感じやすいな。これで最後まで保つのか？」

グリフォンは少し身体を離し、片眉をあげた。

二人の腹の間で飛沫が飛び散り、グリフォンのペニスも濡らしていた。だが達ったのはカグヤだけで、グリフォンのペニスはまだ硬さを保っている。

またカグヤ一人だけ達ってしまったのだ。

「……すまな……い……」

カグヤは弱々しく声を絞り出すが、グリフォンは別に怒った様子もなく、自分の腹や胸に飛んだカグヤの精液を掌で拭った。そのまま掌を舐めるグリフォンに、カグヤはぴくっと反応する。

舐めたら駄目だ。そう言いたいのに、喉の奥に言葉が詰まって出てこない。

グリフォンは掌を濡らす精液を綺麗に舐め取ってしまうと、カグヤの両足首を摑み、膝が胸につく形で折り曲げてきた。

そうすると尻がくっと持ち上がり、ペニスだけでなく、奥に隠されていた後孔までもがグリフォンの目前に晒される。

それだけでも充分恥ずかしくて堪らないのに。

「な、やぁ…っ」

いきなり後孔を舌で突かれ、カグヤは身体を跳ねさせた。

ぴちゃぴちゃと音を立てながら後孔を舐められると、ぞわぞわするような快感が身体の内側から広がっていき、足の爪先が反り返る。

「あぁ…っ…それ……もう……嫌だ…ぁっ…」

グリフォンはカグヤの反応を愉しんでいた。

「ここはこんなにひくついて、喜んでいるのに？」

カグヤは首を横に振りながら否定しようとするが、後孔に舌を差し挿れられて、途中から喘ぐことしかできなくなった。

「違っ……はぁ…あぁっ」

「認めるだろう？　こうされると気持ちがいいって」

意地悪なグリフォンは更に質問を重ねてくる。

「グリフォ……奥が……熱くて……変にな……る……」

カグヤは激しい快感の前に陥落し、がくがくと大きく頷きながら、潤んだ瞳でグリフォンに訴えた。

するとグリフォンは素早くカグヤの両脚を抱え上げると、抵抗する間も与えず一気に昂ぶったモノを突き挿れてくる。

「あぁぁっ」

大きく喉を仰け反らせながら、カグヤは上擦《うわず》った声をあげた。

一度受け入れているせいか、圧迫感はあるものの痛みはほとんど感じない。グリフォンが激しく律動を始めると、すぐに甘い吐息が唇から零れる。

すでに後孔の内壁はグリフォンの形に馴染んでいて、齎される悦楽を貪欲に味わおうとしていた。

「ようやく体温があがったみたいだな。中も、熱くて溶けそうだ」

絡みつく粘膜の感触を愉しむように腰をグラインドさせながら、グリフォンが満足げな笑みを浮かべる。

だがカグヤが身体の奥で熱を感じることがあっても、実際に体温があがったりはしない。

アーノルドとの情交ではいつもそうだったから、それを疑ったことはなかった。

だからグリフォンの勘違いだと思ったが、さっきから感じているこの熱さが彼にも伝わっているとしたら、本当に体温があがっているのかもしれない。

これもグリフォンと体液を交換したせいなのだろうか？

「ふぁ……っ…ぁ……あぁ…っ」

身体の熱を意識したせいか、より感覚が鋭さを増し、内壁を擦られる度にビリビリと痺れるような快感が身体を駆け巡っていく。

カグヤが内壁を収縮させて中のペニスをきゅうきゅうと締めつけると、グリフォンは僅かに眉根を寄せた。

「そうやって煽ると、また手加減できなくなるだろうが……」

グリフォンはもう一度カグヤの両脚を抱えなおし、腰を少し浮かせるようにしてもっと深くまで突き上げてくる。

「ひゃ、っ」

最奥まで突かれ、カグヤは思わず縋るものを求めてグリフォンへと手を伸ばす。グリフォンの身体を引き寄せた瞬間、例の甘い匂いがもっと濃くなっているのを感じた。

より官能的で、酷く煽られる匂いだ。くらくらとした酩酊《めいてい》感が襲ってきて、カグヤは頭がぼうっとなってくる。

容赦なく腰を打ちつけてくるグリフォンに揺さ振られ、次々と押し寄せてくる強烈な快感にカグヤはもう嬌声をあげることしかできなかった。

「あっ……あぁ……っ……ぁ」

心臓の鼓動が恐ろしく速く脈打ち、身体の奥が騒つく。

グリフォンが欲しい。グリフォンが欲しい。グリフォンが欲しい。

頭の中はその言葉で埋め尽くされていた。

「カグヤ。やっと捉《つか》まえた……もう逃がさない」

グリフォンは抽挿のスピードをあげ、自身の昂ぶりを限界まで高みへと追い上げていく。

カグヤもヴァンパイアになってから初めて感じる熱に侵され、身体がどろどろに溶け出してしまいそうだった。

いつまでもこうして、彼と繋がっていたい。

「グリフォ……ン……」

カグヤはグリフォンの首筋に顔を擦りつけ、甘い匂いを胸一杯に吸い込む。その瞬間カグヤは本能に負けてしまった。

絶対に人を襲って血を吸ったりしない。その誓いを破り、グリフォンの首に二本の牙を喰《く》い込ませる。

そうやって約二百年ぶりに口にしたグリフォンの血は驚くほど甘露で、カグヤを夢中にさせた。

恍惚《こうこつ》とした表情で、蕩《とろ》けるように甘いグリフォンの血を味わう。

だが身体の奥にグリフォンが放った熱いものが流れ込んでくるのを感じ、我に返ったカグヤは、グリフォンの首に顕らかな二つの咬《か》み痕を見つけて愕然となった。

「なんてことを……」

カグヤは雲の上から一気に地面へと叩きつけられた気分だった。よりにもよって、グリフォンの血を吸ってしまうなんて。

またあの悲劇を繰り返すのかと思うと、がたがたと身体が震えだす。

「グリフォン。グリフォン」

どれくらい血を吸ったのかはっきり覚えていないカグヤは、泣きそうになりながら反応のない彼の名を繰り返し呼び続けた。それでもグリフォンは無反応なまま、カグヤに身体を預けてぐったりと脱力している。

カグヤは恐怖でパニックに陥りそうな自分をなんとか落ち着かせると、まだ繋がったままの身体をゆっくりと離し、身動《みじろ》ぎもしないグリフォンを絨毯の上に横たえた。そして彼の心臓がちゃんと動いていることを何度も確認すると、ようやくほっと息を吐く。

「よかった……」

グリフォンはただ意識を飛ばしているだけのようだ。

だがカグヤがグリフォンの血を吸ったという事実を、消すことはできなかった。命に別状はなさそうだが、かなり衰弱していることも確かだ。

グリフォンがカグヤの中で昂ぶっていたペニスを弾けさせなければ、そのまま彼を貪り尽くしていたかもしれない。

つまり、グリフォンを殺していたかもしれないのだ。そうなっていたらと考えるだけで、心臓が凍りつきそうになる。

本能に支配される恐ろしさを、カグヤは身を以て知っていた。カグヤは過去にたった一度だけ、本能のままに暴走したことがある。

アーノルドを亡くしたことで自暴自棄になったカグヤは、新たな血を摂ることも拒み、飢えすらも無視し続けた。その結果がどうなるか考えたうえでのことではなく、ただ何もかもがどうでもよくなっていたのだ。

だが自力で死ぬことの叶わぬヴァンパイアの本能は、カグヤに生きることを強要した。飢えを満たし、生き続けろと。

今でもその時のことを思い出すだけで、身体を切り刻まれるような痛みを覚える。

本能に支配され飢えを満たすことしか考えられなくなったカグヤは、手近に居あわせた人間に襲いかかり、存分に生き血を貪った。

ようやく正気に戻り、腕の中の冷たい骸《むくろ》に気づいた時、カグヤはヴァンパイアとして生きることの恐ろしさを改めて思い知った。

本能に身を任せれば、人の命など簡単に奪えるのだ。

それからのカグヤは罪の意識に苛《さいな》まれながらも、生きるため、そして本能に支配されないために、人から血を摂るしかなかった。

理性を保っていられれば、人が衰弱しない程度の吸血に留めることができる。

植物の精気で飢えを誤魔化せると気づいた時は、どれほど安堵したことか。これでもう人から血を摂ることも、飢えの限界に怯えることもなくなる。食事を美味しく感じられるかどうかは問題ではない。

カグヤにとって吸血行為を自らに禁ずることは戒めであり、贖罪《しょくざい》でもあった。

約二百年の間カグヤはそうやって本能を抑制し、ひっそりと生きてきたのに。グリフォンとの出逢いが総てを変えてしまった。

グリフォンの傍にいると、自分をコントロールできなくなってしまう。

だが、カグヤの罪の代償をグリフォンが払うことになるなんて、あってはならないことだった。

衰弱してぐっすり眠り込んでいるグリフォンを見ていると、カグヤは自分への嫌悪感で一杯になる。

やはりグリフォンには関わるべきではなかったのだ。

それは充分にわかっているのに…………。

「どうして私は、こんなに弱いんだ……」

グリフォンの青白い頬を撫でながら、堪えきれなくなったカグヤは涙を零す。こうなった今もグリフォンから離れたくないと思ってしまう自分が、酷く呪わしかった。

体液で汚れた身体を濡らしたタオルで清める間も、着替えとして用意されていた服を苦心して身に着けさせている間も、グリフォンは目を醒ますことはなかった。

カグヤは奥の部屋から捜し出してきた毛布でグリフォンの衰弱した身体を包むと、暖炉の火を絶やさぬように夜どおし燃やし続けた。

グリフォンからはまだ甘い匂いがしていて、気を抜くと手を伸ばしそうになる。それだけは絶対に避けなければならない。

できればすぐにでもここから立ち去りたかったが、こんな状態のグリフォンを一人で放置していくわけにはいかなかった。せめてラドフォード家の迎えが来るまでは、傍にいるべきだろう。

ぴくりとも動かず昏々と眠り続けるグリフォンから少し離れた場所で、カグヤは抱えた膝の上に額を押しつけ、責め苦のような時間に堪えるしかなかった。

そして翌朝。暖炉に何度目かの薪《まき》を追加していると、入り口の扉が開く音がして、カグヤは過敏に反応する。

「誰だ⁉」

いきなりの詰問に驚き顔で現れたのは、ラドフォード家の従僕だった。

ピーターと名乗った青年は、人好きのする笑顔を浮かべながら、グリフォンの指示どおり迎えにきたのだと説明する。

ピーターは主人の色事には慣れているらしく、ここで二人に何があったのか気づいていながらも、カグヤに対してにこやかな態度を崩さなかった。

いつもなら羞恥で居たたまれなくなるところだが、今のカグヤにそれを気にする余裕はない。

「疲れているのか、ぐっすり眠っていて起きないんだ」

カグヤはピーターが呼びかけても目を醒ますことのない理由を説明し、それだけでは不充分かと、すぐにつけ足す。

「もしかしたら、昨日雨に降られたので、病にかかったのかもしれない。早く屋敷に連れ帰ってくれないか」

「それはいけません。すぐに戻りましょう」

ピーターは神妙な顔つきでグリフォンの様子を確認すると、素早く暖炉の火の始末を終え帰り支度を整えた。

グリフォンの容態について、あまり深く追究されないのはありがたかった。ピーターとしても、余計なことに時間を費やしたくなかったのだろう。

眠ったままのグリフォンを御者と二人がかりで馬車の中へと運び込み、ピーターは当然のようにカグヤにも同乗を促してきた。

カグヤは一人で帰れるからと一度は断ったが、こんな森の中に客人を置いて帰るわけにはいかないとピーターに強固に反対され、折れるしかなかった。

最近レストラーゼでは行方《ゆくえ》不明者が増えているらしく、ピーターはそれを案じているのだろう。主人の客人がそんな目に遭っては、どうしてきちんと送り届けなかったのかと責めを負うことになる。

ラドフォード家の屋敷に向かう間、カグヤは眠ったままのグリフォンの身体が座席から落ちないように抱いて支えておかなければならず、またしても責め苦を味わい続けた。

それでもグリフォンの温《ぬく》もりを感じられることが嬉しかった。

到着したラドフォード家の屋敷では、心配顔の家族や使用人たちが大慌てでグリフォンを奥へと運び込んだ。彼がどれだけ愛されているのか、よくわかる。

グリフォンにはこうして帰る家があり、待っていてくれる人たちがいる。これこそが彼に相応しい世界だ。

その中にカグヤの居場所などどこにもない。

皆に愛されているグリフォンをどこか寂しげな瞳で見送り、カグヤは一人静かに馬車へと乗り込んだ。

第五章

「カグヤ。戻ってこないから心配していたんだ。今までグリンと一緒だったの？」

カグヤの帰宅を知ると、すぐにヘンリーが飛んできた。

ヘンリーが場を離れるまでのグリフォンとのやり取りを考えれば、彼が心配するのも無理はなかった。

グリフォンがカグヤを馬車で連れ出したことは、使用人たちからの報告で知っていたそうだが、朝まで戻らないとは予測していなかったらしい。

「心配をかけてすまない。グリフォンとは……さっきまで一緒だった」

「グリンに暗示をかけなかったんだね――」

暗示が効いていれば、グリフォンはカグヤのことをとっくに諦めているはずだった。

だからヘンリーは、カグヤが結局グリフォンに暗示をかけられなかったのだと判断したのだろう。

「そうじゃない。彼にはなぜか、暗示が効かないんだ」

カグヤが力なく首を横に振って答えると、ヘンリーが驚いた顔をする。

「暗示が効かない？　じゃあ、もうグリンを諦めさせる手立てはないってこと？」

「グリフォンには、これ以上私には関わらないと約束させた」

今となってはグリフォンが約束を護るという保証はどこにもなかったが、カグヤはそれに縋りたかった。

「どうやって、約束させたの？　あのグリンが、そう簡単に承知するとは思えないけど」

「……一度だけ……情を交わすと約束を……」

自分を心から案じてくれているヘンリーに嘘をつくことはできなくて、カグヤは羞恥に堪えて真実を告白した。

ヘンリーは小さく息を吐くと、苦笑う。

「それで昨夜《ゆうべ》帰ってこなかったんだ。で、これからどうするの？　やっぱりすぐにこの国を離れるつもり？」

「そのつもりだったが……」

カグヤは言おうかどうか一瞬迷い、やはり打ち明けることにした。

「……私はまた罪を犯してしまった……」

「罪って、何を⁉」

困惑しているヘンリーに、カグヤは震える声を絞り出す。

「グリフォンの血を吸ってしまったんだ」

ヘンリーの顔に恐怖が浮かぶのを見るのが恐くて、カグヤは思わず目を逸らしていた。

「え⁉　まさか死……」

「違う。死んではいない。だが、かなり衰弱してしまっている。彼の血を吸うつもりなどなかったのに、どうしても自分を抑えられなかった」

立っていられなくなったカグヤは縋るようにカウチに腰かけ、両手で顔を覆って必死に涙を堪えた。

そんなカグヤの肩を、ヘンリーが宥めるように優しく撫でる。

「落ち着いてカグヤ。グリンならすぐに回復するよ。丈夫なのが、彼の取り柄でもあるんだから」

今までと少しも態度の変わらないヘンリーに、カグヤは救われる気がした。

「お願いだ、ヘンリー。グリフォンの様子を見てきてくれないか。彼に何かあったらと思うと、恐くて堪らない」

ヘンリーの両腕を掴み、カグヤは懇願する。

さっき別れたばかりだが、あれだけ衰弱していれば万が一ということもありえた。そうでなくても、弱っていれば何かの病を併発してもおかしくない。

本当は自分で確認したかったが、今のカグヤにグリフォンに近づく勇気はなかった。自分が何をするかわからないからだ。

「本当にグリンが好きなんだね」

ヘンリーに目許を拭われ、カグヤは泣いていたことを知る。

黙って泣き続けるカグヤを、ヘンリーはそっと抱き締めてくれた。昔はこうして慰めるのはカグヤのほうだったのに。

「グリンは大丈夫。僕を信じて」

その言葉を信じたくて、カグヤは小さく頷いた。

それからヘンリーは、カグヤの願いを聞き入れラドフォード家の屋敷に向かったが、グリフォンへの面会は許可されずに戻ってきた。

冷静になって考えてみれば、現状では当然の対応だろう。

グリフォンはあれからも目醒めることなく眠り続けていて、流行《はや》り病にでもかかったのではないかと、医師が呼ばれていたらしい。

それ以上のことはわからなかったが、グリフォンの容態に変化があれば報せてくれるようにヘンリーが家人に頼んできてくれたおかげで、カグヤは少し気持ちを落ち着けることができた。

そして翌日。ようやくグリフォンが目を醒ましたと報せが届いた。

「グリフォン様は、流行り病でしたの？　あんな健康そのものの方が寝込まれるなんて、よっぽど質《たち》の悪い病なんでしょうね」

いきなり談話室に飛び込んできて口早に喋り始めたシャーロットは、ヘンリーとカグヤの顔を交互に見ながら視線で答えを促してくる。

ヘンリーは元気のよすぎる妹に呆れた表情を浮かべつつ、彼女に金のブロケード張りのソファーを勧め、一呼吸置いてから唇を開いた。

「まだそれはわからないよ。さっき目を醒ましたところだと、報告が来たばかりだからね。もう少ししたら様子を見に行くつもりだったんだ。ところで君は、いったいどこからそんな話を聞き込んできたのかな？」

「今朝《けさ》お友達のアンナマリアがお母様と訪ねてこられて、お話ししているうちにグリフォン様の話題が出ただけですわ。昨日お祖母《ばあ》様のお薬をいただきにドクター・セルディンの診療所に伺ったら、ちょうどグリフォン様の診察から戻られたところだったのですって」

シャーロットは得意げな口調で言う。

ドクター・セルディンの名前は、以前にも何度かシャーロットの口から聞かされたことがあった。二年ほど前からレストラーゼの街外れで診療所を開業している、若くて魅力的な医師だと。

カグヤには医師など無用だったが、体調が悪いことを口実に部屋に引き籠もっている間、幾度となくドクター・セルディンに診てもらうようにと進言された。

多分シャーロットこそが、その魅力的な医師に逢いたかったのだろうが。

「ああ。君たちが今夢中になっている、素敵なお医者様か。てっきりドクター・サルトーレが呼ばれたものだと思っていたんだが、違っていたようだね」

「ドクター・サルトーレは、先週腰を痛めてしまわれたらしくて、あまり遠出はできないのですって。もう随分とお歳《とし》ですから、仕方ありませんわよね。ドクター・セルディンはまだお若いけれど名医だと評判ですし、立派に代わりを務められたと思いますわ」

つんとすまして答えるシャーロットは、余程ドクター・セルディンに肩入れしているらしい。

まだ余計なお喋りを続けそうなシャーロットに、カグヤは身を乗り出して訊ねた。

「シャーロット。グリフォンの容態は何か聞いていないか？」

「特には何も……ああ、そういえばやけに身体が冷たくて驚いたと、ドクター・セルディンが仰っていたそうですわ」

カグヤはびくっと身体を反応させる。

「身体が冷たくて驚いた？」

「ええ。悪い血が溜まっているのかもしれませんわね。ヒルを使うか、瀉血《しゃけつ》をすればよくなられるかしら」

シャーロットの声はもうカグヤの耳には入っていなかった。

普通の病人なら身体が冷たくなることもあるだろうが、グリフォンには他の要因も考えられる。

「まさか……」

グリフォンに変化が訪れている？

「ほ、他に何か変わったところは？　味を感じなくなったとか、瞳の色が変わったとか」

突然詰問口調になったカグヤに、シャーロットが戸惑いの表情を浮かべた。

「ごめんなさい。アンナマリアからは、それしか聞いていなくて。今度の流行り病には、そんな症状が出るんですの？」

「いや、そうじゃない。これは……」

総てヴァンパイアへの変化期に見られる特徴だ。

身体が冷たくなったり、食事の味がしなくなったり、瞳の色が赤く変わったり。何度も体液交換を繰り返すうちに、そうやって徐々に身体がヴァンパイアへと変化していく。カグヤの時もそうだった。

カグヤがアーノルドと初めて情を交わした時は、なんの変化も起こらなかった。変化が訪れたのは二度目で、完全にヴァンパイア化したのは四度目だったと記憶している。

純血種のアーノルドでさえカグヤを変化に導くには回数を重ねる必要があったのに、初めての体液交換で変化が始まるなんて、とても信じられなかった。

大丈夫だ。これは多分、病の症状の一つに違いない。

カグヤは必死に自分に言い聞かせ、落ち着こうとした。そんなカグヤを見兼ねたのか、ヘンリーがソファーから腰をあげる。

「そろそろ僕は、グリンの見舞いに行ってくるよ。カグヤはどうする?」

「私は……」

グリフォンの状態が気になって仕方がなかったが、それを直接確かめるのは恐かった。カグヤはヘンリーを見上げ、ゆっくりと首を横に振る。

「そうだね。顔色もよくないし、じっとしていたほうがいい。シャーロット、少しカグヤを一人にして休ませてあげなさい」

ヘンリーはカグヤに優しい気遣いをみせると、そのまま居座りそうなシャーロットに退出を促した。

「やっぱりカグヤ様こそ、お医者様が必要ですわ」

不満げに靴音を響かせて談話室から出ていくシャーロットに苦笑を漏らし、ヘンリーもすぐ後に続こうとする。

「ヘンリー」

カグヤはその後ろ姿に向かって、縋るように呼びかけた。

「わかってる。さっき言っていたことを、確かめてくればいいんだろう」

理由はわからないまでも、ヘンリーはカグヤが何を知りたがっているのかちゃんとわかっていたらしい。

カグヤは自分の疑念が払拭されることを願いながら、ヘンリーを見送った。

『カグヤ。あいつ、病気なの？』

カグヤの膝にぴょんと飛び降りたモモが、待ち兼ねたように訊いてくる。モモにとっては天敵が病気だというのは、歓迎できる事態なのだ。

「わからない。そうでなければ……私は、どうすればいいんだろう……」

『モモ、助けるよ。何する？　モモ、何すればいい？』

一生懸命気遣ってくれるモモの頭を撫でながら、カグヤは哀しげに微笑む。

「ありがとう、モモ。だがどうすることもできないんだ。どうしてこうなったのかも、わからない。たった一度で変化が起こるなんて、そんなこと……」

対の相手でもなければありえない。

突然ふと頭の中に浮かんできた言葉に、カグヤは凍りついた。

「まさか、グリフォンが対の相手なのか?」

対の相手がいるなんて、カグヤはまるで信じていなかった。だから今まで一度も、その可能性を考えたことすらなかった。

対の相手とはヴァンパイアにとって総てを満たしてくれる特別な存在だとされているが、巡りあうことは本当に稀《まれ》で、奇跡とまで言われていた。

対の相手とは特別に血の相性がよく、譬え亜種のヴァンパイアでも、ほんの一、二度の体液交換でヴァンパイア化させることができる。

その血は甘露で、一度口にしたら虜になるという。

そして互いなしではいられないほどの強い結びつきを感じるのが、対の相手だ。

カグヤはアーノルドこそ自分の対の相手だと思っていたが、アーノルドは哀しげな顔で否定した。カグヤの本当の対の相手は、どこかにきっといるはずだと。

アーノルドを心から愛していたカグヤは、そんな相手などいるはずないと、端《はな》から信じていなかった。グリフォンと出逢わなければ、今もカグヤはそう信じていただろう。でも、もう駄目だ。

「どうして、もっと早く気づかなかったんだ」

気づく機会は、今まで幾度となくあったのに。

誘うような甘い血の匂いも、グリフォンだけに強く惹かれたのも、暗示が効かなかったのも、彼が対の相手だったからだ。なのにカグヤは何も気づかず、最悪の形でグリフォンを巻き込むことになってしまった。

グリフォンがカグヤの対の相手なら、たった一度の体液交換でも変化してしまう可能性は充分にある。

現にグリフォンの身体は驚く程冷たくなっているという。

「すまない、グリフォン。私を……許してくれ」

自分の身体を抱き締めるように腕を回し、堪えきれなくなったカグヤは涙を零す。グリフォンの温もりが酷く恋しかった。

『カグヤ。泣かないで。泣いたら、モモ哀しい』

辛くて。辛くて。慰めてくれるモモに応えてやることすらできない。

こんなはずではなかったのに……。

カグヤは自分の愚かな決断が招いた結果に、圧し潰されそうになっていた。

グリフォンの変化が身体が冷たくなっただけなのか、今はまだわからない。彼にこれ以上の変化が起きていたとしたら、どうすればいいのだろう。

どんなに謝っても、許されることではない。

カグヤはまたしても、グリフォンの運命を変えてしまうかもしれないのだ。

完全にヴァンパイア化していなければ変化は一時的なもので、じきに元に戻るはずだが、今更楽観できるはずもなかった。

「神様。どうか罰は私だけに……」

両手で顔を覆って嗚咽《おえつ》を漏らしながら、カグヤは必死に神に祈り続けた。

「気分はいかがですか？　痛むところや、動かしにくいところはありませんか？」

触診を行いながら質問を投げかけてくる新顔の医師に、グリフォンは神妙な顔で答えを返す。

「気分は悪くないし、痛いところも、動かしにくいところもないな。ただやたらと喉が渇くし、身体が冷たく感じる。あとは……さっきスープを少し飲んだんだが、まったく味がしなかった」

味のしないスープの不味《まず》さを思い出すだけで、眉間に皺が寄った。

それだけでも苦痛なのに、どれだけ水を飲んでもすぐに喉が渇いてくるし、身体は水に濡れた後のように冷えている。

だが他に病らしい不快さがないのは救いだった。

「病のせいで、いろんな感覚が鈍っているせいでしょう。薬を飲んでゆっくり養生していれば、元に戻りますよ」

ドクター・セルディンはグリフォンを安心させるようににっこり微笑むと、カバンの中に診察道具を仕舞った。

「で、これはいったいなんという病なんだ？」

グリフォンはクッションによりかかるようにして上体を起こしながら、問いかける。

「ルドニアで一時期流行っていた冷血症ではないかと。伝染性はないと言われていますが、特定できるまでは暫くは様子を見る必要がありますので、極力面会などは控えられたほうがいいでしょう」

ルドニアは南にある国だと知ってはいたが、冷血症なんて病名は初めて耳にした。グリフォンは、自分の身体を興味深げに見回してみる。

「自慢じゃないが、俺は子供の頃からほとんど病気らしい病気はしたことがないんだ。それが、そんな聞いたこともない病気になるとはね。治るまでにどれくらいかかる？」

「多分、一週間程ではないかと」

さらりと答えたセルディンに、グリフォンはうんざりとした顔を向けた。

「一週間もかかるのか!?　そんなに長く寝ていたら、身体に黴《かび》が生えそうだ」

「安静にしていただかなければ、もっと長くなりますよ」

「黴だらけの身体で寝ていなければならないとは、嘆かわしいことだ。お前たちもそう思うだろう？」

グリフォンは大仰な溜め息を吐き、芝居がかった口調でメイドたちに同意を求めた。ユーモアを発揮できる程グリフォンが回復していることにほっとしたのか、メイドたちもくすくす笑いながら頷く。

セルディンはそれを笑みを浮かべて静観していたが、ふと思い出したように訊いてきた。

「倒れられた時、ご一緒だった方は？」

セルディンが何かを探っているような気がして、グリフォンは思わず警戒する。

「どうしてそれを知りたいんだ？」

「発症の経緯がわかるかもしれませんし、その方も感染している可能性もありますので。できればお逢いしてお話をと思いまして」

セルディンの言っていることに不審なところはないが、どうしても何かが引っかかった。だからグリフォンは突き放すように返した。

「その必要はないだろう。彼が病にかかっていれば、とっくに報せが入っている。俺はただ眠っていただけだというし、他に聞けることはないはずだ」

行為の最中一人で先に眠りに堕ちたことだけでも屈辱なのに、そのまま病に伏せって迷惑をかけたなんて、わざわざカグヤに思い出させたくもない。

カグヤが病にかかっているならともかく、そうでなければセルディンに彼のことを教えるつもりはなかった。

「そうですか。わかりました。それならいいんです」

セルディンはあっさり引き下がり、ようやくグリフォンも警戒を解く。

「ドクターは、近年レストラーゼに移ってきたと聞くが。それまではどこに？」

いつもの社交性を発揮して、さっきまでとは打って変わったにこやかさでグリフォンは問いかけた。

「二年前まで、サンプシャーの小さな港町におりました。その時知りあった方の援助でこちらの診療所を開業することになり、移ってきたんです」

「その方は、御婦人なんじゃないか？」

グリフォンは意味深に口角をくっとあげて、笑ってみせる。

「さぁ、どうでしょう。ご想像にお任せいたします」

グリフォンの視線を正面から受け止め、ふっと笑い返してきたセルディンは、妖《あや》しげな魅力を漂わせていた。

グリフォンの好みとは違っているが、女性に好まれそうな甘いマスクと細身の身体が、どんな効果を齎すかは容易く想像できる。

「魅力的なドクターの噂は前からよく耳にしていたが、確かにこれは御婦人方が放っておかないだろう」

「私などは、グリフォン様の足元にも及びませんよ。随分元気になられたようで退屈かもしれませんが、暫くは安静になさってください」

セルディンはグリフォンのからかいを軽く躱し、これ以上の追及を拒むためか、そそくさと帰り支度を整える。

控えていたメイドたちに注意するべきことを念押しすると、セルディンは後で診療所に薬を取りにくるように指示を出して足早に引き上げていった。人気があるだけに、患者を待たせてきているのだろう。

新顔の医師が現れた時は驚いたが、名医だという触れ込みだし、この病を治療できる腕があるならなんの問題もない。

グリフォンはよりかかるクッションの位置をメイドたちになおしてもらいながら、いつ頃外に出られるだろうかと考える。セルディンの見立てでは完治に一週間はかかるらしいが、そんなに待つつもりはなかった。

「もう、下がって構わない。暫く一人になりたい」

メイドたちに命じて部屋から退出させると、グリフォンは窓のほうへと視線を向けた。折角の晴天なのに、ベッドから出ることもできないのがもどかしい。

グリフォンは一刻でも早くベッドから解放されて、カグヤに逢いに行きたかった。この腕にカグヤを抱いたという実感のあるうちに。そうしなければ、あれは夢だったのかと疑ってしまいそうだ。

やっとカグヤをこの腕に抱くことができて最高の気分だったはずなのに、行為の途中でその記憶は途切れてしまっている。

最後にちゃんと達したかどうかすらも覚えていない。どうやら最中に眠りに堕ちてしまったようだが、こんなことは今まで一度もなかった。

互いに極みに達した後も、余韻を愉しむのがグリフォンの流儀だ。相手を満足させたかどうかもわからないまま、自分だけ果てるなんて以ての外。

なのによりにもよってカグヤの前でそんな失態を演じるなんて、あまりにも情けなさすぎる。

失望されたのではないか。呆れられているのではないか。と、グリフォンにしては弱気な考えが次々と浮かんできた。

もともとカグヤからは、一度だけという制約をつきつけられていたのだ。これでもう二度と、グリフォンとは情を交わす気にはならないかもしれない。だがそんなことは絶対に受け入れられるわけがなかった。

「あれほど我を忘れて夢中になったのは、初めてだ」

思い出すだけで、身体の奥が騒つく。

今までそれこそ数えきれないほど情事を愉しんできたグリフォンだが、カグヤとの情事は格別だった。あんな蕩けるような悦楽を味わった後では、これまでの情事が総て色褪《いろあ》せてしまう。

それだけに、最後まで記憶に留めていられなかったのが残念で堪らなかった。

あまり乗り気ではなかったカグヤが、途中から積極的に求めてくれたのが嬉しくて、舞い上がっていたのかもしれない。

それともあれも病のせいだったのだろうか？

滅多にかからない病のせいだとしたら、納得もできる。こんなふうに病で寝込むようなことは、本当に久しぶりだった。

狩猟小屋から眠ったまま馬車で連れ帰られた時は、いくら呼びかけても目を醒まさず、かなり皆を慌てさせたという。多分皆の頭には、十二年前の落馬事故のことが浮かんでいたのだろう。

あの落馬事故はラドフォード家の者にとって、忘れたくても忘れることのできない出来事なのだ。

事故に遭った時グリフォンはかなり危ない状態で、母親などは死を覚悟して泣きながら神に祈りを捧げていたらしい。

それがどういうわけかその日のうちに傷が塞がり始め、数日後には普通に歩き回れるようになっていた。

両親は神の起こした奇跡だと感涙し、教会に多額の寄付を贈った。確かにそんな驚異的な回復を遂げれば、奇跡だと思うしかないだろう。

グリフォン自身もそれを信じ、神に感謝の祈りを捧げてきた。いや、正確には天使にというべきかもしれない。

グリフォンはあの落馬事故に遭った直後、美しい天使を見たのだ。

身体をバラバラにされているような酷い痛みに意識が朦朧となっていた中、その天使は現れた。天使が触れると身体の痛みが薄れていき、グリフォンの意識もそこで途切れてしまった。

目醒めた時には、天使の姿もぼんやりとしたシルエットでしか覚えておらず、多分痛みのせいで幻覚を見たのだろうと医師は言ったが、グリフォンは天使に救われたのだと信じたかった。

「そういえば久々に見たな、あの夢」

痛みに苦しみながら暗闇の中に堕ちていこうとするグリフォンを、光に包まれた美しい天使が抱き留めてくれる夢。あの事故以来、何度も繰り返し見てきた夢だ。

だが今までは夢の中でさえ朧げにしか見えなかった天使の姿が、今回ははっきりと見ることができた。

グリフォンを救ってくれた美しい天使。その天使は、カグヤの姿をしていた。

「すっかりカグヤに囚われてるな……」

あの時の天使がカグヤであるはずがないのに、そんな夢を見る程彼への想いが大きくなっている証なのだろう。

今までずっとグリフォンは、心の中に満たされないものを抱えてきた。いつも何かが足りないと感じてしまう。

それが何かもわからないまま足りないものを捜し続け、見つからないことに失望し、他のもので誤魔化そうとしてきた。でも結局は満たされず、この世にたった一人で取り残されたような孤独に苛まれる時もあった。

なのにカグヤといると、何もかもが満たされていくような気がする。情を交わし身体を繋いだ今は、離れていてもそれを感じた。

カグヤを失えば、きっと永久に足りないものを捜し続けることになるだろう。そう考えただけで、ぞっとする。

カグヤの総ては、グリフォンのもので。グリフォンの総ては、カグヤのものであるべきだった。

カグヤと一つに溶けあってしまいたいとさえ思う。それこそが真実の形であると。こんな想いは、今まで誰にも抱いたことはない。

心からカグヤが愛しかった。

カグヤにもそれをわからせなければならない。

問題は彼が逃げたがっていることだ。

「頼むから、まだ逃げないでくれ」

グリフォンは窓の向こうに想いを馳《は》せながら、懇願するように呟いていた。


「ドクター、お戻りだったんですか」

肉づきのいい身体を揺らしながら、家政婦のマルタが奥から現れた。彼女はセルディンから受け取った外套を手に、矢継ぎ早に質問を投げかけてくる。

「ラドフォード家の若様の具合はいかがでした？　やはり質の悪い流行り病だったんですかね？」

「いや。それは心配ないと思う。もう随分元気になられていたし、暫くゆっくり養生すれば大丈夫だよ」

セルディンはにっこり笑みを浮かべて、マルタの好奇心を満たしてやった。マルタは少し噂好きなところはあるが、善良で温かみのある女性だ。

「それはよかった。あんな綺麗な若様が早死になされたんじゃ、心が痛みますからね」

グリフォン・ラドフォードの魅力は、倍ほどの年齢の女性にまでも浸透しているらしい。

セルディンは感心しつつ、話題を本題へとすり替えた。

「そうだね。それより、マルタ。アディーの様子はどうだい？　苦しんだり、痛がったりはしなかった？」

病弱な妹のことが、セルディンは何より気がかりだった。

「大丈夫ですよ。今日は調子がいいようで、さっきスープを綺麗に召し上がりましたよ。これからブドウをお持ちしようかと思っていたところなんです。モンデールの奥様が、たくさん差し入れてくださったので」

「それなら私が持っていこう」

マルタが指し示したテーブルの上の皿を持ち上げ、セルディンは部屋の奥の扉へと視線を向ける。

「ええ、是非そうしてください。アディー様も喜ばれますよ」

マルタに笑顔で促され奥の扉を開けると、簡素なベッドに横たわっていた青白い顔の少女がこちらに笑いかけてきた。

「兄さん、お帰りなさい」

「ただいま、アディー。美味しそうなブドウを持ってきたよ。食べるかい？」

「ごめんなさい。今は食べられそうもないわ」

すまなそうに首を横に振るアディーに、セルディンの胸は痛む。

もうすぐ十六歳になるというのに、アディーはまだ十二、三歳の子供に見える。生まれつき身体が弱く、心臓が上手く働いていないからだ。

アディーを治すために必死に勉強して医師になったのに、今の医術では彼女の身体を健康にすることはできずにいる。そのことがセルディンには悔しくて堪らなかった。

「謝ることはない。スープは綺麗に飲んだそうじゃないか。それで充分だよ。ブドウはまた後で摘めばいい」

ブドウを盛った皿を脇のテーブルに置き、セルディンはアディーの痩《こ》けた頬をそっと撫でる。

アディーの身体は日に日に痩せ細っていて、痛々しい程だった。

「苦しくはないかい？」

「ええ。今日はだいぶ調子がいいの。きっと兄さんのお薬が効いているんだわ」

本当にそうならいいのにと、セルディンは思う。だが自分の与える薬がただの気休めにしかならないことを、セルディンは誰よりもわかっていた。

「それはよかった。では、本でも読もうか？」

「でも兄さんも疲れているでしょう？　診療所は患者さんでいつもいっぱいだってマルタが言ってたわ。私のことは気にせず、ゆっくり休んで」

病床で苦しい思いをしながらも、いつも他人を思い遣る心を忘れないアディーは、まるで天使のようだった。

こんな無垢な魂がもうすぐ天に召されようとしているなんて、そんなことがあっていいわけがない。

まだ娘らしい喜びも、人並みの幸せも、何も味わっていないのだ。

「アディー。お前は本当に優しい子だね。私はお前のためならなんでもするよ。どんなことでもね」

セルディンは決意を込めて、呟いた。

必ずアディーを健康にしてみせる。そのために何を犠牲にしようとも……。

「兄さん？」

表情の険しくなったセルディンを訝しむように、アディーが呼びかけてくる。

「今日は新しい本を読もう。冒険の旅に出る若者の話だ」

セルディンはぱっと笑顔を作り、棚から目当ての本を取り出してきた。途端にアディーが夢見るような顔をする。

「冒険の旅……行けたら愉しいでしょうね」

「すぐに行けるようになるよ。私が絶対にそうしてみせる」

そのために、ずっと捜し続けてきたのだ。そしてやっと見つけた。もうすぐ。もうすぐ手に入れることができる。

今度こそ願いが叶うのだ。

待っていてくれ、アディー。

セルディンは歓喜に沸き立つ胸のうちを隠しながら、アディーを喜ばせるために優しい声で本を読み始める。

体力のないアディーは暫くするとセルディンの声を子守歌代わりに眠りに堕ち、室内は静けさに包まれた。

セルディンはアディーが静かな寝息を立てているのに満足げに頷くと、ブドウを二粒程摘んで口に放り込む。その甘い果肉を味わいながら、仕事の残りを片づけるためにゆっくりと部屋を出ていった。

診療所での診察は終えていたが、往診の依頼が二件入っていた。それに薬剤の調合もしておかなければならない。

総ての仕事を終えてマルタ自慢の夕食にありつく頃には、セルディンもすっかり疲れ果てていた。

だがまだやらなければならないことが残っている。それこそが、今のセルディンの心の慰めでもあるからだ。

セルディンが空になった食器を前に、そろそろ引き上げようかと思っていると、マルタが台所から戻ってきた。

「ドクター、また昨夜娘が消えたそうですよ。覚えてます？　お針子のポーラ。先週喉の腫れを診てもらいにきてた、赤毛の可愛い娘」

マルタはずっと話したくてうずうずしていたらしく、身振り手振りまでつけながら、消えた娘のことを伝えてくる。

「ああ、覚えている。もうすぐ結婚するんだと、嬉しそうに話してくれたよ。あの娘が消えてしまったのかい？」

幸せ一杯の顔で、今後のことを語っていたポーラ。あの笑顔は今も目に焼きついていた。

「最近たて続けに人が消えてますからね。恐くて、一人では出歩けませんよ。恐い目に遭ってなきゃいいですけどねぇ」

最悪の想像をしたのか、マルタがぶるっと身体を震わせる。

「そうだね。無事に戻ってくることを祈ろう。さて、私はちょっと納屋の整理に行ってくるよ」

セルディンはマルタの肩をぽんと叩くと、棚から蠟燭《ろうそく》を取り出した。マルタがまだ話し足りないのはわかっていたが、いつまでもつきあってはいられない。

食卓に置かれた蠟燭から火を移し、セルディンは庭先にある納屋へと向かった。

鍵を外し真っ暗な中を照らすと、どこからかくぐもった微かな声が聞こえてくる。明かりに照らし出されたのは、縛った両腕を天井から吊《つ》られている赤毛の少女だった。

「お利口にしていたかな？　ポーラ。もう君が消えたことが噂になっていたよ。恐い目に遭っていなければいいけどと、うちのマルタも心配していた」

セルディンは納屋の中の蠟燭にも火を点《とも》すと、ポーラの声を奪っていた猿ぐつわを外してやる。

「お……お願い……します……うちに帰して……」

ポーラは泣き腫らした目でセルディンを見つめ、懸命に懇願の言葉を絞り出した。

「悪いが、それはできない。君が必要なんだ」

「い、嫌ーっ。私に触らないで」

くいっと顎を持ち上げたセルディンに、ポーラが叫ぶ。その唇を掌で覆い、セルディンはナイフを頰に押しつけた。

「しーっ、しーっ、騒ぐと顔を切り裂くよ。私にそんな酷いことをさせないでくれ」

「どうして私がこんな目に……」

ポーラの大きな瞳からはぽろぽろと涙が零れ堕ちる。

可哀想だとは思うが、彼女は今までも充分幸せを味わってきたはずだ。

「不公平だろう？　うちのアディーは恋も知らず、ベッドの上で今にも朽ち果てようとしているのに、君は結婚も決まって幸せに包まれてる。あの子は誰よりも幸せになる権利があるんだ。君にはその手助けをしてもらう」

アディーと同じ年頃のポーラが薔薇色に頬を染め、恋人との未来を話すのを聞いた時、そう決めた。

今までの娘たちと同じに。

「な、何を？」

「血を捧げてくれればいい。その赤い血を」

セルディンがにっと笑ってみせると鋭い二本の牙が覗き、ポーラは恐怖に顔を引きつらせて、がたがたと震えだす。その様子を愉しげに一瞥すると、セルディンはポーラの白い首筋に唇を寄せた。

「ひぁ…ぁっ」

鋭い牙が柔肌に喰い込み、口の中に血が流れ込んでくる。セルディンは恍惚の表情を浮かべながら、夢中で血を啜《すす》った。

最初は錆《さ》びた鉄の味にしか感じなかったが、今では甘い蜜のように感じられる。だから彼等も血を欲するのだろう。

意識を飛ばしてしまったらしいポーラから身を離すと、セルディンは装着していた偽牙《ぎが》を外し、血に濡れた口許を拭う。

いくらこんなものを着けて血を吸ってみたところで、本物のヴァンパイアにはなれない。それはセルディンにもよくわかっている。

だがこうやってヴァンパイアの真似事をしていると、少しでも彼等に近づける気がした。永遠の時を生きると言われている人ならざる生き物ヴァンパイア。

アディーの病を治すことができないと悟った時、セルディンは助けてもくれない神に祈るのをやめた。その代わりに始めたのが、ヴァンパイアを捜すことだった。

ヴァンパイアになれば、もう死の恐怖に怯えることもなくなる。アディーを苦しみから解放することができるのだ。

だが噂では聞くものの、最初はどこを捜せばいいのかもわからず苦労した。ようやく二年前レストラーゼで昔ヴァンパイア退治が行われたことをつき止め、藁にも縋る気持ちで移ってきた。

それでもなかなかヴァンパイアは現れず、アディーの病状がどんどん悪化していくのに堪えかねたセルディンは、取りつかれたように血を求めるようになっていった。

自らがヴァンパイアとなって、アディーを救う。その思いがいつの間にか歪み始め、気がつくとアディーが味わうことのできない幸せに満ちている娘たちに罰を与えることが、癒《いや》しになっていた。

だがそれも、もう終わる。

ようやく捜し続けていたヴァンパイアを見つけたのだ。

グリフォン・ラドフォード。彼の首にくっきり残った二つの咬み痕を目にした時、あまりの歓喜に叫び出しそうだった。

ヴァンパイアに血を吸われた人間がこんな身近に現れたのは、初めてのことだ。

身体が冷たくなったり、味を感じなくなったりするのは、ヴァンパイアと接触のあった人間に表れる症状だと聞いている。多分ヴァンパイア自身の特徴でもあるのだろう。

もしかしたらグリフォンもヴァンパイア化しているのではないかと疑ったが、彼から負のイメージはまるで感じられなかった。

血を吸われて、ただ衰弱しているだけのように見える。

ヴァンパイアに血を吸われた者はすぐにヴァンパイア化してしまうとか、日光を浴びたら灰になるとか、ニンニクや十字架を恐がるとか、棺桶《かんおけ》の中で眠っているとか。噂だけはあちこちで仕入れていたが、どれが真実なのかはわからない。

ただの噂だけではヴァンパイアの生態が把握できず、はっきりした判断が下せないのがもどかしかった。

ただ一つ確かなのは、グリフォンの血を吸ったヴァンパイアが存在すること。それも彼の身近なところに。

グリフォンは相手を隠したがっている様子で、彼から聞き出すことはできなかったが、代わりにラドフォード家の御者から情報を得ることができた。

グリフォンが病に倒れる直前まで一緒だったのは、バードウィル邸に客人として滞在しているカグヤという名前の青年だった。

最近グリフォンはかなり彼に執心していたらしい。ヴァンパイアとして考えられるのは、カグヤしかいない。

「カグヤに逢って、彼が本物がどうか確かめなければ」

そして本物だとわかったら、その時は――――。

「もう少しの辛抱だぞ、アディー」

セルディンは浮き立つ思いに微笑んでいた。


グリフォンが病にかかったとされてから、すでに四日が経過していた。

ヘンリーに様子を見てきてくれるように頼んだが、医師から暫くの間面会を止められているとかで、本人に直接逢うことは叶わなかったらしい。それでもヘンリーは家人に頼んで、グリフォンの容態等、情報を仕入れてきてくれた。

医師の見立てではグリフォンは冷血症という珍しい病気にかかっているとされていて、身体が冷たくなったり、食事の味を感じなくなったりする症状が出ているという。あまり追究するとかえって怪しまれるので、ヘンリーもそれ以上は聞き出せていなかった。だから肝心なことはまだわからないままだ。

ただ眠ったことで少しは体力が回復したのか、家人を安心させるくらいには元気な様子を見せているらしい。それにはかなりほっとした。

冷血症なんて病名は聞いたことがなかったが、グリフォンの状態がただの病のせいだと思われているのはありがたかった。

本当にただの病であってくれたら、どんなにいいか。

グリフォンの変化が一時的なものであることを、カグヤはずっと神に祈り続けていた。

本当は逃げ出してしまいたかったが、グリフォンの変化を確かめるまではここを動くわけにはいかない。

もしグリフォンに確かな変化の兆しが見えたら、カグヤも覚悟を決めなければならないだろう。

その勇気が果たして自分にあるだろうか？

永遠という呪縛《じゅばく》から逃れることのできない運命に、グリフォンを道連れにする勇気が。

何度も自問するが、答えは出ない。それこそが答えなのかもしれなかった。

グリフォンのことで思い悩むカグヤをヘンリーは痛ましそうに見ていたが、この苦しみは誰とも分かちあうことはできない。

そんな中、突然の来訪があった。

「カグヤ。ドクター・セルディンが君を訪ねてきてるそうだよ。何かグリフォンの病のことで、聞きたいことがあるらしい。どうする？　断って、帰ってもらう？」

メイドからの報せに対応したヘンリーが、心配顔で訊いてくる。

ドクター・セルディンは、今のグリフォンの状態を一番正確に知っている相手だ。

彼はなぜグリフォンの病とカグヤを結びつけたのだろう。警戒心が湧いてくるが、話をしなければ不安を取り除くこともできない。

「グリフォンのことが気になるし、逢ってみるよ」

カグヤはドクター・セルディンと面会することにした。

ヘンリーは同席しようかと申し出てくれたが、セルディンの目的がわからないだけに、一人で逢うほうが得策に思えた。

「逢っていただき感謝いたします。私はグリフォン様を診させていただいている、医者のセルディンと申します」

にこやかな笑みを浮かべて現れたセルディンは、医師らしからぬ華やかな容姿の持ち主だった。

素敵なお医者様だと、シャーロットが夢中になっていたのも頷ける。彼なら容易く女性を虜にできるだろう。

「グリフォンの病のことで、私に何か聞きたいことがあるとか」

「ええ。貴方がグリフォン様が倒れられる直前まで一緒におられたとお聞きしたので、その時の様子などを教えていただければと思いまして。何しろ冷血症は珍しい病ですからまだ症例も少なく、今後の治療のためにもできるだけ情報を集めておきたいのです」

ああ。そういうことか。

カグヤはセルディンの説明に安堵した。医師なら病のことで情報を得ようとするのは当然のことだ。

「お役に立ちたいが、特別お話しできるようなことは何も。私といた時は、ただ眠っていただけだった。何度呼びかけても目醒めないので、病を疑いはしたが。それ以外に目立った症状はなかったと思う」

「そうですか。何かわかればと思っていたのですが、残念です」

セルディンはもっと落胆するかと思ったが、意外とあっさりとしていた。なんとなく妙な気もしたが、それよりグリフォンのことが気懸かりだった。

「ドクター。グリフォンの容態は？　身体が冷たくなったり、食事の味がしなくなったりしたと聞いている。他にも何か症状が出ているのだろうか？」

「酷く喉が渇くようです」

それも変化期の特徴の一つだ。だが決定的なものではない。

「……目は？　グリフォンの瞳の色は？」

カグヤは祈るような思いを込めて、問いかけた。

「瞳の色ですか？　サファイアのような綺麗な青い瞳でしたが」

その答えに、カグヤの身体から緊張が解ける。

「青い瞳……」

ということは、グリフォンの変化はまだ最終段階には至っていないのだ。

完全なヴァンパイア化が始まる時は、瞳が血の色に染まる。それがなければ他のどんな特徴が表れようと、身体に取り込んだ体液の効力が切れれば徐々に元に戻っていく。人として踏み止まることができるのだ。

但し、これ以上の体液交換を行わなければだが。

「瞳の色がどうかしましたか？」

どうしてそんなことが気になるのかと、セルディンは不思議そうな顔をしている。

「いえ、別に」

カグヤは誤魔化すように視線を逸らし、素っ気なく返した。そんなカグヤの様子を気にしてか、セルディンが微笑みかけてくる。

「グリフォン様のことなら、ご安心ください。先程往診してまいりましたが、身体の冷えも随分とよくなり、食事も美味しく召し上がれるようになられたようです。もうじき完治なされるでしょう」

「よかった……本当によかった」

今度は心から安堵することができた。

症状が消え始めているのなら、グリフォンはもう大丈夫だ。ヴァンパイア化するかもしれないと、怯えることもなくなる。数日内に完全に元の身体に戻るだろう。

『よかったね、カグヤ』

モモも喜びを分かちあうように、身体を擦り寄せてきた。ずっと哀しみに沈んでいたカグヤを、モモはずっと案じてくれていたのだ。

セルディンの手前言葉で返すことはできないが、カグヤは感謝の気持ちを込めてモモの頭を撫でてやる。

「カグヤ様は旅の途中でこちらに立ち寄られたとか。いつまでこちらに滞在されるご予定ですか?」

「あまり長居する気はないし、多分近々発つことになるだろう」

どうせもう逢うこともない相手だからと、カグヤは正直に答えた。するとセルディンの顔からすっと笑みが消える。

「グリフォン様は残念がられるでしょうね」

何かグリフォンから聞いているのだろうか？

「このことはグリフォンには黙っていてくれないか」

カグヤは慌ててセルディンに頼んだ。

グリフォンがまだカグヤを諦めていないとしたら、何をするか予測がつかない。

「構いませんが。黙って行かれるおつもりで？　いや、余計な質問をいたしました。お忘れください」

セルディンは途中で自分の立場を思い出したのか、追究をやめてさっと引いてみせる。そのことにほっとしていると、ふいに彼の手が頬に触れてきた。

「な、何を⁉」

動揺して後退ったカグヤに過敏に反応したモモが、セルディンに威嚇を始める。

『こいつ、敵？　やっつける？』

「モモ、大丈夫だ。この人は敵じゃない」

小声でモモを宥めるカグヤに、セルディンがすまなそうに謝ってきた。

「申し訳ありません。顔色が優れないのが気になりまして、つい……」

カグヤは肌の冷たさに気づかれていないか不安だったが、セルディンの表情からはそれを読み取ることはできなかった。

相手は医師なのだから、もっと用心しなければ。

「いえ。私こそ驚かせてすまない。顔色が優れないのは、多分眠りが足りていないからだろう」

とりあえずカグヤは、そう言い繕っておく。

セルディンの顔にはすぐに優しげな笑みが浮かんだ。一瞬彼の瞳が妖しく輝いたように見えたのは、気のせいだろうか。

「グリフォン様の容態が気になっておいでだったのでしょう。今夜からは安心して眠れますね。では、私はこれで失礼いたします。今日は貴重なお時間を割いていただきありがとうございました。いずれまたお逢いしましょう」

セルディンは礼儀正しく一礼すると、静かな足取りで退出していった。

『カグヤ。あいつ、気持ち悪い』

セルディンがいなくなるのを待っていたように、モモが言う。

「気持ちが悪い？」

『なんか、ゾゾッてする』

それは悪寒のようなものだろうか。にこやかで害のなさそうな男に見えたが、モモには違っていたらしい。

グリフォンを天敵のように嫌っているモモだが、彼のことをこんなふうに言ったことはなかった。

だがセルディンが見かけどおりの男ではないとしても、カグヤには関係ないことだ。

いずれまたお逢いしましょう。彼はそう言っていたが、もう二度と逢うことはない。グリフォンがヴァンパイア化する心配もなくなった今、カグヤがレストラーゼに留まる理由はなかった。

グリフォンをこれ以上巻き込まないためにも、ここにいるべきではないのだ。グリフォンが対の相手だからといって、カグヤになんの権利があるわけでもない。

「レティシアに逢ったら、この国を去ろう」

カグヤは今度こそ、そう決心していた。

レストラーゼを去る決意を打ち明けた時、ヘンリーは哀しげな顔をしていたが、カグヤの心情を推し量ってか反対はしなかった。

そしてカグヤの望みを叶えるためにこれまで対面の日を先延ばしにしていたレティシアに

使いを送り、翌日ようやく目的を果たすことができた。

レティシアは想像していたとおり、とても心豊かな素晴らしい女性だった。彼女ならきっとヘンリーを幸せにしてくれるに違いない。そう確信してカグヤは二人に祝福を贈った。

男爵夫妻やシャーロットとの別れは身を切られるように辛かったが、なんとか涙を堪えて挨拶を交わした。

シャーロットはいつまでも別れを惜しんで泣きじゃくっていたが、最後は無理に笑みを作って見送ってくれた。いつでも戻っておいでと言ってくれた男爵夫妻の言葉が、本当に嬉しかった。

血の繋がった家族よりも、家族としての温かみを与えてくれた大切な人たち。

もう二度と逢えないとしても、バードウィル家の心優しき人たちのことは永遠に忘れることはないだろう。

カグヤはヘンリーに馬車で街まで送ってもらうと、その日は『半月亭《はんげつてい》』という宿屋に泊まることにした。

ヘンリーはもっと遠くにでも馬車を出す気でいたが、この国を去る以上早くいつもの生活に戻る必要があった。だから宿屋で夜が明けるのを待ち、早朝の郵便馬車で適当な国に移動するつもりでいた。

半月亭は郵便馬車の乗り場のすぐ傍にあり、便利だった。

「カグヤ。僕たちは何があっても友達だ。遠く離れていても、絶対に君のことを忘れたりはしない。困ったことがあったら僕を呼んで。いつでも駆けつけるから」

ヘンリーはカグヤをぎゅっと抱き締め、暫く放さなかった。カグヤは胸が一杯になって、何も言葉を返すことができない。

「いつか……また、必ず僕に逢いにきてくれるって約束して」

十二年前にしたのと同じ約束を、再びヘンリーは必死に求めてきた。だが今回ばかりは、頷くわけにはいかなかった。

「ヘンリー、すまない。今回は約束できない」

「駄目だよ。約束してくれるまで、放さない」

とうとう泣きだしたヘンリーにカグヤは胸が締めつけられるが、グリフォンを忘れられない限り、この国に戻ることはできない。

それは永遠に無理だと思えた。

「本当にできないんだ。許してくれ」

堪えきれずに零した涙でヘンリーの肩を濡らしながら、カグヤはそう繰り返す。

だが、せめて手紙だけでも送ってほしいと最後まで食い下がるヘンリーには、結局折れるしかなかった。

やっぱりヘンリーには弱いと、自嘲するしかない。

彼と再び約束を交わし涙の別れを済ませると、カグヤは脱け殻になったようにその場に暫く立ち尽くしていた。

それから気持ちが落ち着くのを待って、レストラーゼで過ごした短い日々を思い出しながら、街を少し歩いてみる。

グリフォンと共に歩いた道や、立ち寄った店。できれば何一つ忘れたくない。その思いを込めて、瞳に焼きつけていく。

最初は仕方なくつきあわされていただけだったが、グリフォンと過ごした時間は新鮮な驚きの連続で、本当の意味でカグヤに生きていることを実感させた。

本当はもう一度東の森に行ってリルーシャの花を見たかったが、グリフォンの案内なしには辿り着けそうもなかった。

だけど瞳を閉じれば、幻想的な光景が鮮明に浮かんでくる。あのまま時が止まっていればどんなに幸せだっただろう。

だがそれは望んではいけない世界だった。

『カグヤ。次は、どの国に行くの？』

「さぁ、わからない」

一番遠くまで行ける馬車に乗るつもりだが、行き先はまだ確認していない。特に行きたい国があるわけではないし、行き先はどこでも構わなかった。

『モモ、いっぱい、遊べるとこがいいっ』

「ああ。そうだといいな」

もうすっかり次の旅先に心が飛んでいるモモを羨ましく思いながら、カグヤは今後のことなど何も考えられなくなっている自分に苦笑していた。

第六章

その日グリフォンは、朝からなんだか落ち着かなかった。

食事は美味しく食べられるようになっていたし、喉の渇きもなくなり、身体の冷えも気にならなくなっていた。

なのにドクター・セルディンからの許可が出るまではと、家人にベッドから出ることを禁じられ、ずっと寝ていなければならないことも憂鬱だったが、それだけが理由ではない。

上手く説明はできないが、妙な胸騒ぎがするのだ。何かよくないことが起こりそうな、ざわざわとしたものを胸の辺りに感じる。

まさか、カグヤが逃げようとしているのか？

そう考えるとグリフォンは、じっとしていることができなくなった。

メイドの目を盗んで部屋から抜け出すと、グリフォンに甘い馬番のハンスに頼み込み、ルシャールに跨がって屋敷を脱出した。

だが辿り着いたバードウィル邸でグリフォンを待っていたのは、もっとも恐れていたことだった。

「カグヤはもういない？」

「ああ。レティシアにも逢うことができたから、また旅を続けるって」

ヘンリーからさらりと返されて、グリフォンはカッとなる。

「結局そうやって、逃げ出すのか」

何も言わず自分の前から消えるなんて、許せなかった。グリフォンはヘンリーの腕を摑んで詰問する。

「カグヤはいつ出ていったんだ⁉」

「三時間程前になるかな」

その答えで少しは希望が持てた。

「行き先は⁉　教えてくれ、ヘンリー。カグヤはどこに向かってるんだ⁉」

グリフォンは焦ったように質問を重ねる。するとヘンリーは怪訝そうに眉根を寄せた。

「それを聞いてどうするつもり？　まさか、カグヤを追いかけていくつもりじゃないよね」

「そのまさかだ。出て三時間しか経っていないなら、急げば追いつくことができるかもしれない」

ルシャールの駿足をもってすれば、不可能ではないはずだった。

「追いついたとして、どうする気だ？　カグヤを連れ戻すつもりなのか？」

「わからない。ただどうしても、このまま別れるわけにはいかないんだ。カグヤを失いたくない」

グリフォンは正直な気持ちを吐露した。

「情人なら、カグヤに固執しなくても、また他を捜せばいいじゃないか。いつもそうしてきただろう？」

ヘンリーがこう言うのも当然だろう。これまでのグリフォンは、ずっとそうして気楽な情事を愉しんできたのだ。

だがそれは、本当に満たされるということを知らなかったからだ。

「無理だ。カグヤの代わりなんて、どこにもいない。俺が欲しいのは、カグヤだけだ」

グリフォンの真剣な想いが伝わったのか、ヘンリーが痛ましげな視線を向けてくる。

「……君の気持ちはわかったよ。だけど、カグヤのことはもう忘れたほうがいい。彼は僕たちとは違うんだ。一緒にはいられない」

やはりヘンリーはカグヤの秘密を知っているらしい。

カグヤが抱えている秘密。

多分それこそが、彼が逃げなければならない理由なのだろう。

「彼に何か秘密があることはわかっている。それを俺に隠したがっていることも。だが俺はカグヤがカグヤでありさえすればいいんだ。彼が何者でも構わない。カグヤを忘れるなんて俺にはできない」

カグヤにもそう告げたのに、彼は信じようとはしなかった。まるで信じることとさえ恐れているように。

「グリン。君は以前、愛する人のためなら総てを捨てると言ったね。カグヤのために総てを捨てる覚悟はある？　ラドフォード侯爵となる未来も、愛する家族も、数多いる情人たちも。全部捨てて、カグヤの手を取る勇気はあるのか？」

ヘンリーが挑むように訊いてくる。

あの時のグリフォンは、ただ理想を述べたにすぎなかった。正直な気持ちではあったが、現実的には叶わないことも理解していた。

だが今は違う。

カグヤはグリフォンの総てだった。言い換えれば、彼以外は何もいらない。

「そうしなければカグヤを失うとしたら、俺は迷わずその手を取る」

「親友も捨てて？」

ヘンリーが寂しげに言う。

「親友だからこそ、わかってくれるだろう？」

グリフォンはそう信じてヘンリーに笑いかけた。

「これも運命なのかな。グリンならカグヤと共に生きることができるかもしれない」

ヘンリーは何かを決意したのか、目を閉じて大きく息を吐く。

そして再び目を開けてしっかりとグリフォンの瞳を見据えると、カグヤがいる場所を教えてくれた。とっくに他の国へ向かっているものだと思っていたが、今夜は街の宿屋に泊まるつもりらしい。

これでカグヤを捉まえることができる。

「カグヤを孤独から救えるのは、君だけだ。彼を独りにしないでほしい」

懇願するように見つめられ、グリフォンはヘンリーをぎゅっと抱き締めた。

「誓うよ、ヘンリー」

絶対カグヤを独りにはしない。


その頃、街ではある噂が広まりつつあった。

「死体が見つかったって⁉」

「そうなんだよ。それも、二体。どこかの貴族のお屋敷のメイドと、鍛冶屋の娘じゃないかって」

「なんでも二人とも、首に咬まれたような痕があるんだってさ。しかもどうやら、血を抜かれてるらしいよ。これってまさか、ヴァンパイアの仕業じゃないだろうね」

「よしとくれよ、ヴァンパイアだなんて。またあの恐ろしい化物が、この国に現れたっていうのかい?」

「もしかしたら、今まで行方がわからなくなっていた娘たちは、みんなヴァンパイアに連れ去られたのかもしれないよ。これじゃ恐くて外も歩けない」

人々が口々に噂しているのは、つい先刻街外れの炭焼き小屋から発見された二体の死体のことで、その恐ろしさから皆震え上がっていた。

レストラーゼには昔ヴァンパイアが現れ、ハンターによって退治されたという記録が残っているのだ。

首に咬まれたような痕があり、血が抜かれているとなれば、ヴァンパイアと結びつける者が現れても不思議ではない。

だがこの一連の事件がヴァンパイアによるものでないことは、真犯人であるセルディンには当然わかっていた。だから噂が耳に届いた時、かなりの焦りを覚えた。

今まで死体は総て森の中に埋めていたのだが、今回は運んでいるところを危うく見つかりそうになったので、とりあえず近くの炭焼き小屋に隠しておいたのだ。

それから見回りが増えたことでなかなか近づけなかったが、現在炭焼き小屋は使われていないことから、暫くは大丈夫だと思っていた。なのに近所の悪戯好きな子供が鍵を壊して侵入し、死体を発見してしまった。

このままヴァンパイア捜しが始まれば、身動きが取れなくなってしまう。やっと本物のヴァンパイアを見つけ、もうすぐ願いが叶うという時になって、どうしてこんな失態を犯してしまったのか。

こうなったら一刻も早く、カグヤを手に入れるしかない。

追い詰められたセルディンはバードウィル家の使用人に接触を試みるが、カグヤがすでに屋敷を出たことを報され愕然となった。彼はまた旅に戻ったと言うのだ。しかも行き先はわからない。

「もうおしまいだ……」

もっと早くにカグヤを攫《さら》っていれば、今頃アディーは永遠の命を手に入れることができていたかもしれないのに。

セルディンは望みが断たれたことに絶望して、哀しみに暮れた。

アディーに残された時間は、あと少し。せめてその間だけは彼女に精一杯の夢を見させてやろう。

それが兄としての最後の務めだと、セルディンはありったけの金を掻き集め、アディーへの贈り物を買い回った。

美しいドレス。靴。リボン。ショール。次々と増えていく贈り物を前に、アディーの喜ぶ顔を想像して少し心が慰められる。

だがそんなセルディンを、今まで一度も助けてくれなかった神が哀れに思ったのか、特別な贈り物が目の前に現れた。

「カグヤ」

諦めていた捜し人が、通りの向こうを歩いている。

「ああ。神よ……」

セルディンは初めて神に感謝し、慌ててカグヤを追いかけた。彼はゆっくりとした足取りで表通りに向かい、半月亭という小綺麗な宿屋に入っていった。

ヴァンパイアは日光を浴びると灰になると言われていたが、カグヤは平然としていた。もしかしたら本物ではないのかと疑念が湧いたが、噂が真実とは限らない。

十字架やニンニクを使っても、ヴァンパイアを退けることはできなかったと、聞いたこともある。もともとヴァンパイアに関する情報はどれも誇張されたものが多く、そのために今まで散々惑わされてきた。

今度は自分の勘を信じるべきだと、セルディンは思う。普通の人と同じように陽の下で生きられるなら、かえってありがたいではないか。どの道自分たちには、迷っている時間など残されていないのだ。

すぐにでもカグヤを攫っていきたかったが、もう後がないだけに、慎重になるべきだとセルディンは逸る心を抑える。

宿屋の主人に探りを入れたところ、カグヤは明日早朝に発つ予定で料金も前払いしてあるらしい。つまりは、まだ準備を整える時間はあるということだ。

これで最高の贈り物を、アディーに捧げられる。

カグヤを迎える準備が整ったら、攫いにくればいい。セルディンはその時を夢見ながら家路を急いだ。


半月亭に戻ると主人からは夕食を勧められたが、ここではふりをする必要もないので、カグヤは丁重に断って部屋に籠もった。

飢えを感じずに済むように、バードウィル邸を離れる前に薔薇の花から精気を分けてもらっている。暫くは保つはずだった。

「明日は、もうこの国を離れるのだな」

口に出して言うと、余計に寂しさが募る。

カグヤは上衣のポケットから、先刻立ち寄った店で購入した青い石のブローチを取り出して、掌に乗せた。グリフォンの瞳を思わせるその色が、カグヤの心を惹きつける。あの綺麗な青い瞳で見つめられると、いつも身体の奥が騒ついた。

こんなものを買い求めるなんて、未練の表れだとわかっている。だが気がついたら、もう代金を支払っていた。グリフォンを思い出せば、辛くなるだけなのに。

物語の中の故郷に帰った月の姫の名前を息子《むすこ》につけるほど、故国を恋しがって泣いていた母。今なら彼女の気持ちがよくわかる。

「グリフォン」

カグヤはブローチをそっと撫でながら、彼の名を呟く。グリフォンが対の相手だから惹かれたのかもしれないが、想いが育ったのはそれだけが理由ではないとわかっていた。

『カグヤ。誰か、来た』

ベッドの上を跳ね回っていたモモがぴたっと動きを止めて、報せてくる。それと同時に、扉の向こうから女性の声が聞こえてきた。宿屋のおかみが気をきかせて、小さくなっていた蠟燭の追加を持ってきてくれたらしい。

折角の親切を無下に断るのも気が引けるので、カグヤは鍵を外して扉を開いた。

「ど、どうしてお前が……」

扉の向こうに立っていたのは、宿屋のおかみではなくグリフォンだった。自分では扉を開けてもらえないことを予測して、おかみに一役買ってもらったのだろう。グリフォンがこの手の策に長けていることを忘れていた。

「ヘンリーに聞いたのか」

「あいつを責めるなよ。俺が無理遣り聞き出したんだ」

グリフォンはカグヤの身体を押しやるようにして、部屋の中へ入ってくる。

『こいつ、また来た。いっつも邪魔する』

天敵の登場に、モモが敵愾心《てきがいしん》を顕にした。するとグリフォンが神妙な顔つきで、カグヤに頼んでくる。

「悪いが、話をする間そのおチビさんをどかこへやってくれないか」

話などないと突っぱねることもできたが、これが最後だと思うとそれも躊躇われた。カグヤは仕方なく窓を開け、モモを外へと遊びに行かせる。

『ヤな奴。ヤな奴。今度、齧《かじ》ってやる』

モモは最後までグリフォンに文句を言っていたが、遊びに行くのは愉しいのか、すぐに姿は見えなくなった。

グリフォンはモモの姿が消えたのを確認すると、カグヤと向きあう。

カグヤはそんなグリフォンの全身に視線を走らせ、何か変わったところはないかと確認した。

「……病は、もう治ったみたいだな」

「ああ。カグヤにも迷惑をかけてすまなかった」

苦笑しながら、グリフォンは次の言葉を切り出すタイミングを計っているようだった。それを恐れたカグヤは、先に唇を開く。

「私は明日、この国を出る。最後にお前の元気な姿が見られてよかった」

何があっても自分の決意は揺るがないと、グリフォンに示したかった。だがグリフォンの瞳にも決意が込められていた。

「行かないでくれ、カグヤ。これからもずっと、俺の傍にいてほしい」

真剣な口調で告げられカグヤは胸が騒ぐが、頷けるわけがない。

「私にはもう関わらないと、約束したはずだ。だからこそ私は、お前と情を交わした」

「簡単に気持ちが割りきれるなら、こんなに苦しんだりはしない。カグヤだって俺を特別だと言っただろう。それともあれは嘘か？」

苦しげに顔を歪めるグリフォンに、思わず真実が零れた。

「嘘じゃない」

「だったら、なぜ俺から逃げるんだ。旅に戻るためじゃなく、俺から逃げるためにこの国を出ていくんだろう？」

「そうしなければ、私が何をするかわからないからだ。グリフォン……私はもうお前の運命を変えたくない」

これ以上グリフォンの傍にいて、彼を拒みきれる自信はなかった。あと一度でも情を交わせば、グリフォンをヴァンパイア化させてしまうかもしれないというのに。

だが当のグリフォンは、そんなカグヤとの距離を縮めようとしてくる。

「自分の運命は、自分で決める。俺はカグヤと共に生きていきたい。カグヤのためなら、総てを捨てることになっても構わない」

「馬鹿なことを……」

カグヤはそう返しながらも、グリフォンから向けられる強い想いを心のどこかで嬉しがっている自分に、嫌悪する。

「もう決めたんだ。何があっても、傍にいる」

「グリフォン、駄目だ。私はお前たちとは違うんだ」

「だから何が違うというんだ⁉　もうその台詞は聞き飽きた」

想いが通じないことに焦れたように声を荒らげるグリフォンは、はっきりとした答えを聞くまでは絶対に引き下がらないという顔をしていた。

もう、駄目だ。

これ以上グリフォンを誤魔化すことはできない。

「私は……普通の人間ではない。人から忌み嫌われているヴァンパイアだ」

カグヤは震える声で、真実を告げた。

「ヴァンパイアだって!?」

グリフォンの瞳が驚愕に見開かれる。

そこに恐怖や嫌悪の色が浮かんでいたら、死にたくなっていただろう。

「嘘や冗談で、こんなことは言わない。私は二十一歳の時に人ではなくなった。その時に身体の成長も止まった。こんな姿をしていても、私がこの世に生を受けてから優に三百年は過ぎている」

歳も取らず生き続ける自分の異質さを、カグヤは敢えて晒してみせた。そして更に言葉を重ねる。

「お前が不審がっていたこの身体の冷たさも、私がヴァンパイアだという証だ。陽の光を浴びたら灰になるとか、ニンニクや十字架を恐がるというのはただの噂にすぎない」

「ヴァンパイア……」

グリフォンは暫く黙って考え込んでいたが、彼は意外にも冷静にこの事実を受け止めたようだった。もしかしたらグリフォンは、カグヤの異質さを以前から何かしら感じ取っていたのかもしれない。

「ヘンリーはこのことを知っているんだな」

「知っている。今まで私の存在は、バードウィル家の直系の者たちだけが知る秘密だった」

もうグリフォンに嘘をつきたくなくて、カグヤは正直に答えた。

「ヘンリーたちの血を吸っていたのか?」

避けられない質問だとはわかっているが、そう思われるのはやはり辛かった。

「ヘンリーたちの血を吸ったことは一度もない。私は植物の精気を糧にすることができる。だから私はこの二百年近く、人の血を吸わずに生きてきた。唯一の例外が……お前だ、グリフォン」

最後は滑稽《こっけい》なくらい声が震えた。

「それは、俺の血を吸ったということか?」

「すまない。情を交わしている間に、どうしても自分を抑えることができなくなって、気がついたらお前の血を口にしていた」

カグヤは今度こそグリフォンが自分への悪感情を顕にするだろうと身構えたが、彼の意識は他のことに向いていた。

「あの後俺の身体に不調が現れたのは、もしかして……」

「あれは血を吸われたせいじゃない。私と体液交換をしたことで、身体に変化が現れていたんだ。許してくれ、グリフォン。まさかたった一度情を交わしただけで、変化が起きるとは思わなかったんだ」

どんな言葉を並べてみても言い訳にしかならない。カグヤが自分の欲に流されたせいで、もう少しでグリフォンの人生を滅茶苦茶《めちゃくちゃ》にしてしまうところだったのだ。

「体液交換でヴァンパイアに変化するということか……。カグヤがあれほど口づけや身体を繋ぐのを拒んだ理由が、やっとわかった。それで、俺はもうヴァンパイアに変化したのか？」

あまりにも淡々と訊かれて、カグヤは勢い込んで否定する。

「違う。お前に現れていたヴァンパイアの特徴は、綺麗に消えている。だからお前は人間のままだ。そのことを知って、私がどんなに安堵したかわからないだろう」

あの時の恐怖を思い出して今にも泣きだしそうに顔を歪めたカグヤを、グリフォンは神妙な顔つきで見ていた。

「カグヤが恐れていたのは、それなんだな。俺を人間じゃなくしてしまうのが、恐かったんだろう？」

「……そうだ。傍にいれば、いつかお前をヴァンパイアに変えてしまう。そんなことはしたくないんだ。これでわかっただろう。私はお前とはいられない。お前だって、ヴァンパイアになどなりたくはないはずだ」

ここまで言えばグリフォンも、背を向けるに違いない。そう考え俯くカグヤは、次の瞬間グリフォンの胸に抱き寄せられていた。

「俺が恐れているのは、カグヤを失うことだ。カグヤといるためなら、俺は何に変えられても構わない。譬えそれがヴァンパイアだとしても」

耳許でグリフォンが、熱っぽく告げる。

グリフォンはまるで昔のカグヤと同じだった。アーノルドといるためにカグヤが総てを捨てたように、グリフォンもカグヤといるために総てを捨てようとしている。

それが当然のことのように。

「やめてくれ。お前は何もわかっていない。人として生きられなくなっても、本当に後悔しないと言えるのか？」

カグヤはグリフォンの身体を突き放し、彼の目を醒まさせようとした。だがグリフォンは揺るぎない瞳で、きっぱりと言いきる。

「ああ。絶対に後悔しない」

こんなところも、昔のカグヤと同じだった。だからこそ、あの時のアーノルドの気持ちが痛いほどわかる。愛しているからこそ、相手を自分の運命に巻き込みたくない。

「私も、昔同じ言葉をアーノルドに誓った。彼と一緒にいるためなら、総てを捨てても後悔しないと」

「アーノルド……その男もヴァンパイアなのか？」

嫉妬しているのか、グリフォンの表情が険しくなった。

「純血種のヴァンパイアだ。私は、彼の傍にいるためにヴァンパイアになった」

「それほど愛した相手がいるなら、どうしてカグヤは独りでいるんだ⁉」

語気を荒らげるグリフォンは、探るような視線を向けてくる。

「アーノルドはもういないからだ。彼は、二百年も前に死んでしまった。私を独り残して」

そう口にするだけで、カグヤは胸が締めつけられた。

「これからは俺が傍にいる。カグヤをもう独りにはしない。カグヤだって、愛する人のために総てを捨てたんだろう？　それなら俺の気持ちがわかるはずだ」

再び抱き寄せてこようとするグリフォンを、カグヤは腕を突き出すことで拒む。

「わかるから、恐いんだ。私はアーノルドと共にいるために総てを捨てた。決して後悔しないと誓って。だが、私は誓いを守れなかった。彼を裏切ってしまったんだ」

堪えきれない涙が零れ、頬を伝って落ちていった。

「いったい何があったんだ」

「総ては私の愚かさが招いたことだ……」

カグヤはずっと記憶の底に沈めていた辛い記憶を、苦痛と共に甦らせていく――――。

ヴァンパイアとなってからの数十年は、本当に夢を見ているような愉しい毎日だった。

正体を隠すために各地を転々とし、人と深く関わることもなかったが、カグヤに不満はなかった。孤独で愛情に飢えていたカグヤにとって、愛するアーノルドと一緒にいられることが何より幸せだったからだ。

なのにレディ・マデレーヌとの出逢いが、カグヤの心に変化を生んだ。

始まりは、毒蛇に咬まれて苦しんでいたマデレーヌを助けたことだった。それから大切な客人として屋敷に出入りするようになったカグヤたちを、バードウィル家の人々は温かく迎え入れてくれた。

中でもマデレーヌはまるで姉のような優しさでカグヤに接し、人と絆を結ぶ喜びを教えてくれた。アーノルド以外と心を通わせたことがなかったカグヤは、すっかり舞い上がっていたのだと思う。

できるだけ長くここにいたい。そう懇願するカグヤに、アーノルドは困った顔をしていたが、結局滞在を延ばしてくれた。

だが近隣の国でヴァンパイア騒ぎがあり、その噂を聞きつけたハンターたちが近くまで迫っていることがわかると、悠長に構えてはいられなかった。

永遠の時を生きると言われているヴァンパイアも、完全な不死身ではない。

聖水に浸した特殊な刀で首を切り落とすか、水銀入りの弾丸を心臓に撃ち込めば、ヴァンパイアは灰と化す。それができるのは聖職者から選ばれた、ハンターだけだった。

各地に散っている彼らと今まで遭遇したことはなかったが、見つかればどうなるかは考えるまでもない。早急にこの国を離れると告げたアーノルドに、カグヤも同意するしかなかった。

それでもせめて国を出る前にマデレーヌたちにお別れが言いたいと、カグヤは一人こっそりとバードウィル邸に向かった。

そこで、恐ろしい場面に遭遇することになるとも知らず。

扉の開け放たれた屋敷の中は、押し入った数人の賊によって荒らされ、殺された使用人たちの死体があちこちに転がっていた。

辺りに充満した血の匂いにカグヤは理性を失いそうになったが、すんでのところで踏み止まった。何よりマデレーヌたちが心配だったからだ。

マデレーヌを含む女性たちは居間の中央に集められ、恐怖にぶるぶると震えていた。頭から血を流した男爵は椅子に縛られ、その足元に幼い息子のウォーレンが身を縮めている。部屋の隅ではメイドの一人が凌辱《りょうじょく》され悲鳴をあげていた。

カグヤはなんとか皆を助けたかったが、一人では無理があった。ヴァンパイアとしての本能に任せればいいのかもしれないが、そうなれば正体がマデレーヌたちにもわかってしまう。カグヤはマデレーヌたちに人間ではないことを知られるのが恐くて、動けなかった。

そんな中、頭らしき男がマデレーヌに手を伸ばし、強引に引きずり出す。そして男爵の激昂した声にも嘲笑《あざわら》いながら、彼女のドレスを引き裂いた。するとそれまで身を縮めて震えるだけだったウォーレンが立ち上がり、母親を救うために男に突進していった。

思わぬ攻撃を受け怒った男はウォーレンを突き飛ばすと、脇にいた手下に制裁を加えるように命じる。

数本のナイフを手にした男が笑いながら、ウォーレンを的にそのナイフを投げようとしていることに気づいたカグヤは、堪らず飛び出していた。

ウォーレンを庇うように覆い被さったカグヤの身体に、ナイフが次々と突き刺さる。ヴァンパイアとはいえ、痛みを感じないわけではない。気が遠くなるような痛みに顔を歪めながらも、カグヤはそこから動かなかった。

苦痛はまだ続くことをカグヤは覚悟したが、マデレーヌたちの泣き声が響く中、突然男たちが絶叫し始める。何が起こったのかと様子を窺うと、アーノルドの姿が見えた。カグヤを捜しに来て、異変に気がついたのだろう。

彼はヴァンパイアとしての本能を剝き出しにして、男たちに襲いかかっていた。鋭い牙を覗かせ首に咬みつく姿を見れば、アーノルドが何者であるかはすぐにわかる。

それまでは傍若無人に振る舞っていた賊の男たちも、ヴァンパイアの出現に恐怖に震え上がり、逃げ惑った。だがアーノルドから逃げられるわけがない。男たちは次々と捕まり、アーノルドの餌食になった。

それまでは卑劣な賊の男たちに怯えていたマデレーヌたちも、今度はヴァンパイアであるアーノルドに怯えていた。力を振り絞って身を起こしたカグヤにも、怯える気配があった。

アーノルドの正体がバレたことで、カグヤの正体にも察しがついたのだろう。

よろめいたカグヤの身体を抱き上げたアーノルドはすでに理性を取り戻していて、哀しげな表情を浮かべていた。

そのまま黙って去ろうとしたカグヤたちを、ようやく正気づいたマデレーヌが必死に引き止めてくる。

『貴方たちが譬え何者であっても、私たちを救ってくれたことには変わりがないわ。貴方たちが来てくれなければ、私たちは皆あの男たちに無残に殺されていたでしょう。心から、感謝しています』

心を込めたマデレーヌの言葉が、カグヤには涙が出るほど嬉しかった。男爵もすぐに同意して、感謝の想いを込めて頭を下げてくれた。

カグヤの傷はすでに塞がりつつあったが、大量の血を失ったせいで自力で動くのは困難なほど弱っていて、心配したマデレーヌは少し休んでいくように言い張って引かなかった。

アーノルドは血を与えてくれようとしたが、カグヤはマデレーヌたちにまた怯えられるのが恐くて、拒んでしまった。それがどんな結末を招くか知っていたら、決してそんな愚かな真似はしなかったのに。

カグヤの意識が半ば朦朧となってきた頃、屋敷の外が騒がしくなり、響いてきた声が最悪の事態を告げていた。

恐れていたハンターたちに、とうとう見つかってしまったのだ。

部屋の隅に隠れていたメイドの一人が、男たちに襲いかかり血を吸っているアーノルドの姿を目撃したことで錯乱し、助けを求めて外へと飛び出していたらしい。

すぐにでも逃げなければならなかったが、身体が言うことをきかなかった。アーノルドがカグヤを抱えて逃げることもできたが、それではハンターに追いつかれてしまう。

『アーノルド……血を……』

飲ませてくれとカグヤは頼むが、アーノルドはただ優しい口づけをくれただけだった。

この時にはもう彼は覚悟を決めていたのだろう。

『彼が眠りに堕ちたら、見つからないように隠してほしい。そしてもし私が戻らなければ、彼が目醒めるまで護ってほしい。長い眠りになったとしても』

アーノルドがマデレーヌにそう頼むのが聞こえ、カグヤは彼が何をするつもりなのか気がついた。

アーノルドは囮《おとり》になって、ハンターの目を自分一人に引きつけようとしているのだ。

『やめてくれ……アーノルド……私も一緒に……』

置いていかれたくなくて、カグヤは必死にアーノルドに向かって手を伸ばす。だがアーノルドはその手を取ってはくれなかった。

『愛しているよ、カグヤ。君には生きていてほしい。私は君といられてとても幸せだった。でも君は、もっと幸せにならなければいけないんだ』

アーノルドはそんな残酷な言葉を残し、屋敷を飛び出していく。

『嫌だ……嫌だ……アーノルド……』

カグヤはどうすることもできず、泣きながら眠りに堕ちていった。

そして次に目醒めた時には、総てが終わってしまっていた。カグヤは半年も眠っていたのだ。

アーノルドはハンターたちに森の中で追いつかれ、水銀入りの弾丸を心臓に撃ち込まれて灰となって消えたという。

絶望するカグヤをマデレーヌたちは精一杯慰めてくれたが、愛する人を失った哀しみは癒えることはなかった。

アーノルドがハンターの前に身を晒すことになったのは、総てカグヤのせいなのだ。カグヤが普通の人間の真似事をしたがったばかりに、愛する人を犠牲にしてしまった。

バードウィル男爵はカグヤに恩人として永遠の守護を約束してくれたが、本当はすぐにでもアーノルドの後を追いたかった。

だがヴァンパイアは自力で死ぬことはできない。それにアーノルドの遺言に背けば、彼の死を無駄にすることになる。

自暴自棄になり飢えの限界を超えたカグヤは、本能に身を任せたことで、ヴァンパイアとして生きる恐ろしさを知った。

植物の精気を糧にできるようになっても、絶えず血の誘惑と闘い続けなければならない。人との関わりを避け、長い年月をたった独りで生き続けなければならない孤独は、カグヤの心を蝕《むしば》んでいった――――。

「そしていつのまにか私は、自分を仲間に加えて置き去りにしたアーノルドを恨むようになっていた。あんなに愛していた彼を。それどころか……あの日彼の手を取ったことさえ後悔した……」

封印していた過去を語り、醜い自分を曝《さら》け出したカグヤは、涙で濡れた頬を拭うこともなくグリフォンの反応を待つ。

「愛していたからこそ、恨んだんだろう？　俺に言わせれば、裏切ったのはカグヤじゃなくて彼のほうだ。傍にいると決めたなら、何があろうと絶対に手を放すべきじゃなかったんだ。俺だったらどんなことをしてもカグヤの傍から離れない」

グリフォンはカグヤの予想を裏切り、更に決意を固めていた。じりじりと追い詰められていく感覚に、カグヤは息苦しくなる。

「お前はこれだけ言ってもわからないのか。ヴァンパイアとして永遠に生き続けるのは、簡単なことじゃない。お前がいつかそのことに気づいて後悔しても、もう戻る術はないんだぞ」

「迷いがないと言ったら嘘になる。だがここでカグヤの手を放したら、俺の心は一生欠けたままで終わってしまう。それなら生きていても、死んでるのと同じだ。だったら、いつか後悔したとしてもカグヤの手を取るよ」

どうしてグリフォンは、困難な道を選ぼうとするのだろう。

逃げても逃げても、彼は追いかけてくる。

「私には無理だ、グリフォン」

カグヤは何度も首を横に振り、なんとか気持ちを伝えようとした。だがグリフォンは逃げ道を塞ぐように、確信をもって訊いてくる。

「俺を愛しているだろう?」

嘘で誤魔化すこともできず、カグヤの瞳から涙が溢れた。

「……愛している。愛しているから、できないんだ。ずっと独りだった私とは違い、お前には愛してくれている人が大勢いる。その人たちからお前を奪い、お前に総てを捨てさせるなんて……私にはできない」

グリフォンは、自分に相応しい世界で生きるべきだった。どんなに愛していても、彼の手を取ってはいけない。

カグヤは両手で顔を覆い、とうとう嗚咽を漏らし始めた。その両手を強引に引きはがし、グリフォンが視線をあわせてくる。

「決めるのはカグヤじゃない。俺だ。だから、罪も総て俺が背負う」

それでもカグヤは首を横に振るしかなかった。

「……駄目……だ……お前に後悔……させたくない……」

いや。後悔されることを恐れているのだ。

そしてカグヤがアーノルドを恨んだように、いつかグリフォンがカグヤを恨む日がくることを。

頑なに拒み続けるカグヤに、グリフォンが噛みつくように口づけてくる。

「…んっ…っ…」

唇を噛み切られたのか、鋭い痛みを感じると同時に血の味が口内に広がった。傷口から流れ出たカグヤの血を、グリフォンが唾液と共に飲み込むのがわかる。

「んん…っ…ん」

カグヤが必死に抗って唇を離すと、グリフォンは自分の唇についていた血さえも綺麗に舐め取ってみせた。

「……お前は……なんて……」

非難の言葉さえ、喉に詰まって途切れてしまう。

前回情を交わした時とは状況が違う。体液交換でヴァンパイア化することをわかったうえで、グリフォンはこんな危険な真似をしたのだ。

カグヤを逃がさないために。

「後悔しないとは誓えない。その代わり、決してカグヤを独りにはしないと誓おう。俺が逝《い》く時は、カグヤも一緒に連れていく。俺はお前と他の誰かとの幸せを、願うようなことはしない」

　グリフォンの瞳に迷いはなかった。

　彼にはアーノルドとは違う強さがある。その強さこそ、カグヤがずっと求めていたものかもしれない。

「もう逃げるなよ、カグヤ。いい加減、覚悟を決めてくれ」

　挑むように言い放ち、グリフォンはカグヤを腕の中に捉えた。

「お前は馬鹿だ……」

　カグヤは掠れた声でぽつりと呟く。

　カグヤには、もうグリフォンから逃げ出す力は残っていなかった。この手に捕まりたがっている自分を否定することもできない。だから。

「……ん、ん…っ」

　再びグリフォンが口づけてきても、カグヤは抗わなかった。

　切れた唇の痛みさえ、気にならない。傷口からまた血が流れ出していることも、もうどうでもよかった。

「……っ…んっ……んん……っ」

絡んでくる舌の熱さに、身体が震えた。

待ち望んでいた熱さだった。この熱さがカグヤに生きていることを感じさせる。まるでグリフォンのために生きているような気がした。

「……ふ……っ、ん………っ…」

痛いくらいに絡めた舌を吸い上げられ、身体に甘い痺れが走る。

呼吸も上手くできないくらい激しく貪られても、喜びしか感じない。グリフォンに強く求められることが嬉しかった。

あの甘い匂いが鼻腔を擽《くすぐ》り、カグヤの情欲を掻き立てていく。グリフォンの熱に身体の隅々まで侵されたいと、願ってしまう。

「……っ……ん……」

口蓋や頬の裏側を舌で擦られる度に小波のような快感に襲われ、カグヤは無意識にグリフォンにしがみついていた。

口腔に溢れる唾液を飲み込むと、身体の奥が熱くなる。

敏感な粘膜を刺激される気持ちよさに身体から力が抜けていき、支えがなければ立っていることもできなかった。

それでもカグヤはグリフォンの愛撫に夢中で応え、更なる愛撫をねだるように彼の技巧を真似て舌を動かす。

「……ん……っ」

長い口づけから解放されても、カグヤの唇は未練ありげに開いたままになっていた。そのまま、荒い呼吸を繰り返す。

「まだ欲しいんだろう？」

蠱惑《こわく》的な笑みを浮かべたグリフォンは、カグヤの身体を素早く抱え上げると、すぐ脇の簡素なベッドへと放りやった。

そしてすぐに自分もベットに乗り上げ、もう一度口づけてくる。

角度を変えながら深く貪りあううちに、カグヤは下腹に熱が集まっていくのを感じた。密着しているグリフォンが、それに気づかないわけはない。

「今日は一段と感じやすいな」

グリフォンはまるで形を確かめるように、ブリーチズの上からカグヤの昂ぶったモノを撫でてくる。

「……あぁっ、触るなっ」

咄嗟にカグヤは叫んでいた。

布越しに刺激されただけでも、達してしまいそうだった。グリフォンの愛撫をどれだけ待ち兼ねていたか知らしめるように。

「だが、このままじゃ辛いだろう？」

そう言うとグリフォンは、カグヤのブリーチズを脱がしにかかる。下肢を覆うものがなくなると、欲望の証は隠しようもなかった。

「確かに、俺が触らなくても達きそうだな」

グリフォンはカグヤの望みが何か知っているくせに、さっきの言葉を逆手に取って、そんな意地の悪いことを言う。

「……達けない」

カグヤは首を横に振り、縋るようにグリフォンを見つめた。グリフォンの口許に愉悦の笑みが浮かぶ。

「だったら、自分でやればいい」

「それは……」

自分でペニスを扱いて、解放しろということだろうか。

「無理だ。できない」

カグヤは昂ぶったペニスを直視できず、思わず顔を逸らしていた。自慰をしたことがないわけではないが、それをグリフォンに見られるなんて恥ずかしすぎた。

だがすんなり引き下がるグリフォンではない。

「大丈夫。俺も手伝ってやるから」

グリフォンはカグヤの右手を掴むと、強引に股間へと導いていく。そしてカグヤの手ごと昂ぶったペニスを包み込んだ。

「嫌だ……あっ……あぁ……」

重ねた手を動かされ、カグヤは上擦った声をあげる。

ゆっくりとした動きにも快感がじわじわと広がっていき、太股が戦慄いた。動きが速くなるにつれ、快感の波も大きくなっていく。そうなると、グリフォンの手が離されても、もう止まらなかった。

「……はぁ……っ……ん……っ…」

擦り上げる力に強弱をつけながら、カグヤは高みを目指して自身を追い上げていく。それにあわせて、更に両脚が開いていった。

グリフォンにそんな自分の痴態を晒していることに、妙な興奮を覚える。

震える先端を指の腹でぐりぐりと刺激すると、ビリビリとした電流が頭の天辺まで走り抜け、限界を迎えたペニスは一気に弾けた。

「…ぁ…っ」

勢いよく放たれたカグヤの精液は、間近にあったグリフォンの顔も汚していく。あっという間で、止めようがなかった。

「……すま……ない……」

荒い息の中、カグヤは切れ切れに謝りの言葉を口にするが、グリフォンは気にした様子も

ない。

「ちゃんと自分で、達けたじゃないか」

グリフォンは精液で濡れた口許や頬を指で拭い、その指をわざとゆっくり舐めてみせる。これも後戻りができないことを、カグヤに示すためかもしれなかった。

だがカグヤはそれよりも、グリフォンの扇情的な仕草に意識を捉われていた。あの手が、指が、舌が、どう動くかもう知っている。

「グリフォン」

カグヤは熱の籠もった声で、彼の名を呼んだ。

グリフォンが欲しくて堪らなかった。

誘うように潤んだ瞳を向けるカグヤに、グリフォンはくっと唇の端をあげる。

「次はカグヤの番だろう?」

「……何が?」

カグヤがグリフォンの言葉の意味を測りかねていると、彼はブリーチズの前蓋のボタンを外し、自身の昂ぶったモノを眼前に晒した。

「ここで俺を達かせてくれ」

グリフォンの指がカグヤの唇を撫でる。何を求められているのかわからないほど、カグヤも鈍くはなかった。

少し躊躇ったもののやはり欲望には勝てず、身を起こしたカグヤはおずおずとグリフォンの股間に手を伸ばす。

握ったペニスの先端に舌を這わせ敏感な窪みの部分を何度も擦ると、グリフォンの唇から吐息混じりの声が漏れた。

「…ふ……っ…」

自分の愛撫でグリフォンが感じてくれているのだと思うと、カグヤは高揚感を覚える。そしてもっと強い悦楽を与えたくなった。口を大きく開いて昂ぶったペニスを啣え、唇で擦るように出し挿れする。

「…んっ……ぅ…っ」

併せて舌も動かしながら、カグヤは夢中で愛撫を繰り返した。

ペニスの熱さを口腔で感じるだけでも気持ちがよかったが、敏感な内側の粘膜をペニスに刺激される度に快感はどんどん強くなっていく。

自分が立てる湿った音にすら、感じてしまう。

だがグリフォンはそれでは足りないというように、カグヤの頭を掴んで激しく腰を動かしてきた。

「ぐ…ぅ……っ…んん……っ」

喉の奥まで突かれる苦しさに、カグヤはくぐもった声を漏らしながら顔を歪める。それでも感じているのは苦しさだけではなかった。

カグヤの身体は、どこもかしこも過敏になっているらしい。

「……ん、ん……っ…ん」

喉の奥で締めつけると、更に快感の波が広がっていった。

グリフォンの息遣いで、限界が近づいているのがわかる。彼から薫る甘い匂いも、さっきよりずっと濃くなっていた。

「出すぞ」

グリフォンの腰がぶるりと震える。

「…んっ」

小さな呻きと共に、グリフォンが放った熱いモノが勢いよく喉の奥に流れ込んできた。カグヤは咽せながらも、なんとかそれを飲み下す。飲みきれなかった精液は唇から零れ、顎から喉へと流れていった。

なんの味もしないはずの精液が、なぜか甘く感じられる。ヴァンパイアになってから、血以外のものが甘く感じられたのは初めてだった。

これもグリフォンが対の相手だからなのかもしれない。

「俺のを銜えながら、感じていたのか?」

グリフォンに耳許で囁かれ、カグヤは羞恥を覚える。

カグヤのペニスはさっき達ったばかりだというのに、再び勃ち上がっていた。グリフォンを愛撫しながら自分もしっかり快感を味わっていたことを、隠すことはできない。

「……今私の身体はおかしいんだ。何をしても、何をされても感じてしまう」

「それをおかしいと言うなら、俺だって同じだ。俺のモノを咥えながらカグヤが感じているところを想像しただけで、身体が熱くなる」

グリフォンのペニスも同じように昂ぶっていることを確かめ、カグヤは安堵した。自分だけが欲望に支配され、どんどんおかしくなっているような気がして、恐かったのだ。

「カグヤだからこうなるんだ。カグヤだって、そうだろう？」

グリフォンに答えを促すように見つめられて、カグヤは小さく頷く。グリフォン以外に、感じたりしない。

「グリフォン……」

カグヤはグリフォンの頬を撫で、長く美しい金色の髪に指を絡めた。神の祝福を受けたように陽光の下キラキラ光るこの髪が好きだった。

サファイア色の瞳も、自信に満ちたその姿も、甘く艶やかに響く声も。グリフォンの何もかもがカグヤを惹きつける。

もしも彼が対の相手でなくても、きっと恋に堕ちていただろう。グリフォン以外は誰も欲しいとは思わない。

グリフォンがカグヤの上衣を脱がせ始めると、カグヤも彼の上衣に手を伸ばした。合間に口づけを交わしながら、そうやって互いに衣裳を脱がせあう。

肌と肌を密着するように重ねると、そこから溶けあうような気がした。まるでグリフォンの熱がカグヤの身体にも溶け込んできているような錯覚すら感じる。

グリフォンは額から顎へと唇で辿った後、敏感な耳朶を執拗に舐めてきた。

「あっ……やぁ…っ」

耳孔に舌を差し入れられ、カグヤは甘い声をあげながら身悶える。ぴちゃぴちゃという湿った音が、ダイレクトに耳に響いて興奮を煽っていた。

耳への愛撫でカグヤを散々喘がせたグリフォンは、首から鎖骨へと赤い痕を残し、更に下へと唇を降ろしていく。

「ひゃぁ…っ」

尖っていた乳首を舌で擦られて、カグヤはぴくんと身体を跳ねさせた。胸への愛撫に弱いことも、グリフォンにはもう知られてしまっている。

「そこは……嫌だ…ぁ……」

いくら嫌だと言ったところで、グリフォンがやめるわけがなかった。

舌先で何度も擦った乳首を口に含むと、痛いくらいに吸い上げてくる。

「…痛っ……っぁ……やぁ…っ」

乳首を吸いながら先端を舌で転がされると、甘い痺れが足の爪先まで走った。感じる度に足の指がぴくぴくと跳ねる。

グリフォンは暫くそうやって左の乳首だけを愛撫していたが、いつのまにか空いていた右の乳首にまで、愛撫の手を伸ばしてきた。

指先で摘んでぐりぐりと圧し潰すようにされると、快感のあまり腰がくねった。

「は…ぁっ、あ…ぁぁっ…」

両方の乳首を舌と指で同時に弄られ、カグヤは声を抑えることもできない。白い喉を仰け反らせて嬌声をあげた。

ますます濃くなっていく甘い匂いに、身体の奥が甘く疼き始めていた。

下腹に溜まっていく熱で、股間のモノは痛いくらいに張り詰めている。あと少しで達けそうなのに。達けそうで達けない。

「グリフォン……達きた……い……」

カグヤが堪らずグリフォンの髪を引いてもどかしさを訴えると、彼は胸への愛撫をやめてカグヤの脚の間へと顔を埋《うず》めた。

充分なくらい昂ぶっていたカグヤのペニスは、グリフォンの熱い口腔にすっぽり包まれ二、三度吸い上げられただけで、呆気なく果ててしまう。

グリフォンは当然のように、カグヤの放ったモノを飲み下した。そして濡れた口許を手の甲で拭いながら、顔を近づけてくる。

「もう駄目だって言わないのか」

探るような視線を受け止めながら、カグヤは震える声を絞り出した。

「……言わない……」

本当は、言って止めるべきなのだろう。今ならまだ、グリフォンをヴァンパイア化させずに済む望みも残されている。

だが、彼を求める気持ちを抑えることはできなかった。

「まぁ、言ったところでやめたりしないが」

不敵に笑ったグリフォンが、きっぱりと言いきる。

結局カグヤはグリフォンから逃れることはできないのだ。

グリフォンはカグヤの身体を反転させると、俯せの姿勢を取らせた。次に何をされるか見えないために、落ち着かなかった。

グリフォンの指が背骨の形を辿るように上から下へと這わされ、双丘の割れ目を優しく撫でていく。

そして後孔に辿り着くと、指先で円を描くように愛撫を繰り返した。だが決して中を暴こうとはしない。

「どうした？　これじゃもの足りないのか？」

無意識のうちにもぞもぞと腰を動かしていたカグヤに、グリフォンが訊いてくる。

「違う……っ……」

言葉で否定しても身体は正直に反応を返し、本当の望みを伝えていた。もっと奥まで愛撫してほしいと。

グリフォンがそれに気づかないわけがない。

「こんなにひくつかせて、これが欲しかったんだろう？」

後孔に指を突き挿れ、グリフォンは柔らかな内壁を擦ってくる。異物の感触にカグヤが身体を強ばらせたのは、一瞬のことだった。

最初はゆっくりと馴染ませるだけだった指の動きは、快楽の火種を起こすように巧みになっていく。

「…あ…あっ…あぁ…ぁ…っ」

摑んだシーツに皺を寄せながら、カグヤは内側から広がる快感に身を震わせた。その背中をグリフォンが唇で愛撫していく。

いつのまにか二本に増やされていた指が中を広げるように動き、カグヤは断続的に訪れる快感に甘い声を漏らし続けた。

「あ、あぁ…っ」

一番弱い箇所を探り当てられて、びくっと身体が跳ねる。そこを弄られるとどうなるか知っているだけに、恐かった。

「そこは嫌だ……ぁ……やぁぁっ」

グリフォンはカグヤの訴えなど聞き流し、ぐりぐりと圧すように攻めてくる。強烈な快感にカグヤは思わず中の指を締めつけていた。

そのせいで、ますます指の感触を意識してしまう。

「そんなに気持ちがいいのか？」

項に唇を這わせながらグリフォンがもう一度刺激してきた時、カグヤは堪えきれず張り詰めていたモノを解き放っていた。

腹の辺りがじわりと濡れていくのを感じる。

だが解放の余韻に浸る間もなく、カグヤの腰はグリフォンの腕によって掬《すく》い上げられた。

そして気づくと、グリフォンに向かって尻を突き出すような屈辱的なポーズを取らされていた。

羞恥を覚える傍から後孔に指とは違うモノが押し当てられ、身体が戦慄く。

「本当に待っていたのは、こっちだろう？」

「ひ、ぁっ」

熱い塊が入り口をこじ開けるように、ぐいっと突き挿れられた。指とは比べものにならない圧迫感と苦痛に、カグヤは息を詰める。

グリフォンは最奥まで侵入を果たすと、動きを止めた。そこでカグヤはようやく安堵したように、詰めていた息を吐き出した。

それにあわせてグリフォンが動きを再開させる。

「あ、待っ…て…っ……」

必死に声を絞り出すが、カグヤの訴えは今度も聞き流された。

グリフォンは指の時と同じく、自分の形を覚えさせるようにゆっくりと抜き差しを繰り返す。

そうやってカグヤの敏感な粘膜を擦るグリフォンのペニスは熱く脈打っていて、身体の奥でその存在を主張しているようだった。

「……ふぁ…っ…熱いっ…あぁっ」

熱い塊に内壁を溶かされているような気がする。

圧迫感はまだあるものの、苦痛はいつのまにか消え去っていた。代わりに快感の波が次々と襲ってくる。

「……や…ぁっ……あぁ…あ……っ」

グリフォンはカグヤの唇から甘い声が立て続けに漏れるようになると、徐々に律動のスピードをあげていき、激しく腰を打ちつけてきた。

奥まで突かれる度に、カグヤはシーツに額を擦りつけ、痺れるような快感に身体を細かく震わせる。

快感に身を任せるのは気持ちがよかったが、この体位ではグリフォンの表情もわからず、自分一人が昂ぶっているように感じられるのが嫌だった。

「グリ…フォ…ン……嫌……嫌だ……」

カグヤは首だけを振り向け、背後のグリフォンになんとかそれを伝えようとするが、上手く言葉が出てこない。

「こんなに悦《よろこ》んでおいて、何が嫌だって？」

カグヤが抗おうとしているとでも思ったのか、返すグリフォンの声は少し尖っていて、殊更激しく突き上げてきた。

「あぁぁっ……ぁぁ…っ…ち…違う…お前の…ぁっ…顔……見えな……」

カグヤは嬌声をあげながら、懸命に言葉を紡ぐ。

「仰せのままに」

嬉しげなグリフォンの声が聞こえ、後孔からずるりとペニスが引き抜かれた。カグヤが身体を仰向かせると、今度は腕を摑まれ上体を引き起こされる。そのままカグヤは、向きあう形でグリフォンの膝の上へと導かれていった。

「……グリフォン……早く……」

カグヤは身体の奥の疼きをどうにかしたくて、上擦った声でグリフォンにねだる。

後孔を指で広げられただけで、甘い吐息が零れた。そして与えられる刺激を待ち兼ねたように、内壁が収縮する。

「あ、あぁっ」

下から一気に突き上げられて、カグヤは白い喉を仰け反らせた。体重の分だけ、さっきより深く奥までペニスを飲み込んでいるのがわかる。

それでもカグヤの身体は悦びに震えていた。

グリフォンはカグヤの腰の辺りを掴みなおすと、揺すり上げるようにしながら何度も奥を穿ってくる。

「……は…ぁっ……あぁ…っ」

カグヤは足の先まで走った強い快感に喘ぎ、太股の内側を痙攣させた。

激しい律動を繰り返されているうちに身体の奥が熱くなってきて、その熱に総てが侵食されていくような気がする。

グリフォンと情を交わしていると、必ずこうなってしまう。

熱くて、熱くて、堪らなかった。

「グリフォン……熱い……」

カグヤが潤んだ瞳を向けると、グリフォンは耳朶を舌で嬲りながら、熱い吐息と共に囁きかけてきた。

「俺も熱くて堪らない。カグヤの中は熱くて最高に気持ちがいい」

前回は確信が持てなかったが、今もグリフォンがそう感じているのなら、やはりカグヤの身体が熱を帯びているのだろう。

これもグリフォンが対の相手である証なのかもしれないが、それよりもこのまま二人で同じ熱を共有できるのが嬉しかった。

「……お前と……一つに溶けて、しまいたい……」

本音を吐露したカグヤに、グリフォンがくっと唇の端をあげる。

「ああ。どろどろに溶けあおう」

そう言うとグリフォンは腰をグラインドさせるように動かしながら、カグヤの弱いところを巧みに擦り上げてきた。

「あっ……あ、あぁ…っ」

弱いところを何度も擦り上げられると、カグヤは意味もなく首を横に振りながら、痺れるような快感に一際高い声をあげる。

グリフォンの情欲が増すと匂いも強くなるのか、彼から薫る甘い匂いがカグヤの情欲も煽っていた。

浅ましくもまた勃ち上がっていた股間のモノは、なんの刺激もなしにすでに弾けそうになっている。

「あ、あぁ…っ、あ……一人で……達くのは…嫌だ……」

カグヤはグリフォンの首にしがみつきながら、必死に訴えた。すると身体の奥のペニスが熱く脈打つ。

グリフォンは答えの代わりに、繋がったままのカグヤの身体をシーツの上に押し倒すと、膝裏を抱え上げてきた。

思わず達きそうになるのを、カグヤは手で縛めることで塞き止める。

カグヤの腰をシーツから浮き上げらせるように自分に引き寄せ、グリフォンは激しい抽挿を始めた。ぎりぎりまで抜きかけたペニスを再び最奥まで突き挿れ、それを何度も何度も繰り返す。

「やぁ…っ…あ……も……駄目…っ…」

達きたくても達けない辛さと、断続的に襲ってくる快感に苛まれ、カグヤは切羽詰まった声をあげた。

手を放せばいいのはわかっていても、一人だけ何度も追い上げられるのは嫌だった。

「あと少し、我慢だ……」

グリフォンの声も上擦っていて、その時が近いことを感じさせる。一際濃くなった匂いにカグヤはくらくらしてきた。

この匂いは本能を刺激する。

駄目だ。我慢できない。

「も…達く……」

射精したいという本能の声に逆らえなくなったカグヤは、ペニスを縛めていた手を放す。その瞬間を狙ったように、グリフォンが最奥を強く穿ってきた。

「う、あぁあっ」

カグヤはビリビリとした電流が頭の天辺まで駆け抜けるのを感じながら、絶頂を迎える。

「…ん…っ」

グリフォンが小さな呻きと共に、カグヤの中に熱い精液を吐き出したのは、その直後だった。

グリフォンは震えるカグヤの身体をぎゅっと抱き締めて、最後の一滴まで残さず注ぎ込んでくる。

カグヤは流れ込んでくる情欲の証を身体の最奥で受け止めながら、全身が満たされていくのを感じていた。

グリフォンが愛しくて愛しくて、堪らなかった。

第七章

もう一度互いに快楽の極みまで上り詰め、くたくたになった身体をシーツの上に投げ出す頃には、グリフォンはかなり眠たげにしていた。

眠りを促すにようにカグヤが優しく頰を撫でてやると、グリフォンがその手を摑み嬉しげに微笑む。

「やっぱりそうだ。俺を助けてくれたのは、カグヤだったんだな。あの時もこうして俺の頰を撫でてくれた」

あの時というのがいつを指しているのか、すぐにわかった。

グリフォンは、十二年前落馬事故で死にかけた時のことを言っているのだ。

「どうして……」

カグヤの唇から、思わず呟きが漏れる。

意識も朦朧としていたあんな状態で、グリフォンがカグヤのことを認識していたなんて信じられなかった。

「俺はあの時天使を見たんだ。はっきりした姿も覚えていなくて、医者には幻だって言われたが、俺は信じていた。それでも天使の正体が何者かなんて考えたこともなかったが、答えはこんな近くにあったんだ。あの時、あそこにいただろう？」

正体をバラしてしまった今、誤魔化しても意味がない。カグヤは探るようにじっと見つめてくるグリフォンに、小さく頷いた。

「お前を救ったのが、本物の天使だったらよかったのに。あの時はヘンリーに、お前を救ってくれと懇願されたんだ。だから、私の血を与えた。ヴァンパイアの血を。そして……お前の運命を変えてしまった……」

そのうえまたしても、グリフォンの運命を変えようとしている。

どこまで自分は罪深いのだろうと、カグヤは自嘲に顔を歪めた。

「だが、そのおかげでこうしてカグヤと共にいられる。あの時カグヤが助けてくれてなければ、俺は死んでいただろう。きっと俺たちは、いつかこうなる運命だったんだ」

グリフォンの声は総てを受け入れているかのように、穏やかだった。これもグリフォンの強さなのだろうか。

「カグヤは今でも天使に見えるよ……」

カグヤの手を握ったまま、グリフォンは静かに眠りに堕ちていく。多分これから彼には変化が訪れるはずだった。

ヴァンパイアになるための――――。

呼びかけてみても、なんの反応も返らない。

本当にグリフォンを道連れにしても許されるのだろうか。心の中で幾度となく繰り返した問いを、カグヤはもう一度自分に投げかけた。

「グリフォン」

グリフォンの熱情に流されたものの、カグヤの中にはまだ迷いがあった。

グリフォンに変化が訪れても、今回で確実にヴァンパイア化するとは限らない。もし変化が一時的なものならば、まだ引き返すことは可能だった。

あんなに愛していたアーノルドのことを恨んでしまうほど、ヴァンパイアとして生きる辛さを味わった過去を振り返れば、グリフォンの手を取るのは死ぬほど恐い。

だが彼を失い、また独りで生きていくのかと思うと、死んでしまいたくなってくる。

「もう独りは嫌だ……」

それがカグヤの正直な想いだった。

だからといって、仲間を増やせば孤独が消えるわけではない。グリフォンだけが、カグヤを孤独から解放することができるのだ。

グリフォン以外は、何もいらない。

彼一人が欲しかった。

「許してくれ、グリフォン。この手を放すことはできそうにない」

彼を愛する家族や友人たちから引き離し、彼に総てを捨てさせ、人生を滅茶苦茶にすることになっても。カグヤは握ったままのグリフォンの手にそっと口づける。

グリフォンの手はさっきよりも冷たくなっていた。身体にも触れてみるが、同じように冷たくなっている。

変化が訪れるまでの時間が前回より短くなっているのは、それだけヴァンパイア化が進んでいる証だった。

「完全にヴァンパイア化するだろうか……」

こればかりはグリフォンが目醒めてみなければ判断できない。彼が目を開けた時、瞳が血の色に染まっているかどうか。それで総てが決まる。

グリフォンがどれくらいで目醒めるのかもわからないが、カグヤにできるのはただ待つことだけだ。

グリフォンの変化が始まってしまった以上、早朝に宿屋を出て郵便馬車に乗るという予定は変更しなければならなかった。このままだと延泊することになるだろう。

カグヤは明け方近くまでグリフォンの寝顔を眺めて過ごし、人が起きている気配を感じるようになると、静かにベッドから抜け出した。

もういい加減、モモを部屋に入れてやらなければ。かなり怒っているに違いない。

「モモ」

窓を開けて名前を呼んでみるが、返事はなかった。あちこち視線を彷徨わせて捜してみるが、白い猿の姿を捉えることはできない。

余程遊びに夢中になっているのか、それとも長く締め出したことに怒っているのか。どちらにしろ、すぐには姿を現しそうにはなかった。まぁ幸いなことに、旅に出るのを取りやめたので、時間はたっぷりある。

仕方なく窓を少し開けたままにしておくことにして、カグヤがベッドに戻ろうとしていると、扉の向こうから遠慮がちな声が聞こえてきた。

「こんな時間にすみませんが、下にバードウィル家からの使いの方がみえてまして」

「バードウィル家から⁉」

カグヤは慌てて扉を開ける。

こんな時間にわざわざ使いをよこすというのは、余程のことだ。ヘンリーたちに何かよくないことが起こったのではないかと、カグヤは不安に駆られる。

宿屋の主人の後について一階に降りていくと、見知らぬ男が隅に控えていた。年も若く身形もきちんとしているが、どことなく陰鬱な雰囲気を纏っている。

こんな男がバードウィル邸にいただろうか？

ふとそんなことが気になったが、カグヤもバードウィル家の使用人の顔を全員覚えているわけではない。

この宿屋にカグヤが泊まっていることを知っているのはヘンリーだけなのだから、疑う理由はなかった。

「ヘンリーたちに何かあったのか⁉」

カグヤは前置きもなく、男に訊ねた。

「さぁ、私は早急にカグヤ様を屋敷にお連れするように申しつかってきただけで、詳しいことは何も」

事情がわからないだけに余計に不安が募る。

「そうか。ではすぐに向かったほうがいいな」

眠ったままのグリフォンを残していくのは気がかりだったが、今はヘンリーたちのことが心配だった。

カグヤは宿屋の主人に延泊する意向を伝え、自分が戻るまで部屋には入らないでくれるように頼み込んだ。

カグヤの不在中にモモが帰ってきたとしても、窓さえ開いていれば自由に出入りできる。

「こちらです」

先を歩く男について半月亭を出ると、馬車を停《と》めてあるという横道へと入った。

するといきなり背後から忍び寄ってきた何者かに薬を嗅がされ、カグヤはだんだん意識が遠退いていく。

「上手くいったな。さぁ、帰ろう。アディーが待っている」

最後にカグヤの耳に届いたのは、そんな嬉しげな声だった。

カグヤと過ごす甘い夢を見ていたグリフォンは、顔に鈍い痛みを覚えて目を醒ました。

「イタッ…イタ…ッ……な、なんなんだ⁉」

目を醒ましても続く痛みに、グリフォンは声をあげながら上体を起こす。すると何かがグリフォンの顔の上からぴょんとベッドに飛び降りた。

それは、いつもグリフォンを威嚇してくるカグヤのペットのモモだった。

何かにベチベチと顔を叩かれているような気がしていたが、寝ている間にモモから攻撃を受けていたらしい。

『起きるの、遅い。このウスノロめ』

モモは怒りを顕にして、グリフォンに突っかかってくる。

「は⁉　ウスノロって……まさか、お前が喋ったのか⁉　おチビさん」

普通に言い返そうとしていたグリフォンは、途中でとんでもないことに気づいて驚愕の声をあげた。

これまではただの猿の鳴き声にしか聞こえなかったのに、今のはちゃんと意味をなした言葉として耳に届いた。

まるで人間が喋っているみたいに。

グリフォンはすぐには信じられず、どこかに誰かが隠れているんじゃないかと、きょろきょろと辺りを見回す。だが、部屋には他に誰もいなかった。

『おチビさんじゃない。モモだもん』

これで疑う余地はなくなったと、グリフォンはまじまじとモモを凝視する。

「わかったよ、モモ。だが、どうして急にモモの言葉がわかるようになったんだろう?」

『お前が、仲間になったから』

「もしかして、俺は本当にヴァンパイアになったのか⁉」

グリフォンは自分の全身に視線を走らせ、何か変わったところはないかと検分した。だがぱっと見た目にはわからない。

カグヤも一見普通の人間にしか見えないのだから、外見で変化を感じることは難しいのかもしれなかった。

その代わり以前と同じように、やけに身体が冷たく感じられる。この冷たさはカグヤの肌を連想させた。

彼が必死に隠そうとしていた、人間ではないという証。

実感はないが、グリフォンももう人間ではなくなってしまったらしい。

カグヤがヴァンパイアであることを告白した時、最初は驚いたが、不思議と恐怖や嫌悪感は湧いてこなかった。

事実を受け入れてしまえば、彼のこれまでの言動も総て納得できる。正体を知られることや、仲間にしてしまうことを恐れ、カグヤはグリフォンを頑なに拒み、逃げようとしていたのだ。

愛した人を失い、それから二百年もの間独りで生き続けなければならなかったカグヤの孤独を思うと胸が痛んだ。

カグヤの言うように、ヴァンパイアになったことをいつか後悔する日がくるのかもしれない。侯爵家の後継ぎとしての責任を果たすこともできず、愛する家族や友人たちとも離れなければならないのだから。だがカグヤの手を取らなければ、一生後悔し続けることはわかっていた。

グリフォンにとってカグヤは、総てと引き替えにしても決して失えない存在だった。

十二年前死ぬはずだったグリフォンを、カグヤが救ってくれた。あの時からグリフォンの運命は決まっていたのだろう。

カグヤと共に生きていくと。

『モモ、お前キライ。でも、仕方ないから、子分にしてやる』

「どうして俺が子分なんだ？」

グリフォンは呆れ口調で訊く。

『モモが、先だもん。モモのほうが、エライ』

どうやらモモは、先にヴァンパイアになった自分のほうが地位が上だと主張しているようだった。

ただ威嚇して奇声を発しているとしか認識できなかった時は、煩い邪魔者でしかなかったが、こうして会話が成立すると可愛く思えてくるから不思議だ。

カグヤとモモの間に特別な絆を感じていた理由も、これでわかった。モモはただのペットではなく、仲間だったのだ。

「子分はいくらなんでもないだろう。友達ってことで、手を打たないか？」

『駄目。お前、子分。モモ、決めた』

「それは、カグヤの意見を聞こう。カグヤはどこにいるんだ？」

眠りに堕ちるまでは傍にいたはずなのに。カグヤが今更逃げ出すとは思えないが、姿が見えないとやはり気になってしまう。

『あ。お前がウスノロで、モモ、忘れてた。カグヤ、大変。あいつに攫われた。助けに行かなきゃ』

突然ぴょんぴょんと飛び回り始めたモモは、かなり興奮していた。

「ちょっと、待て。カグヤが攫われたって、いったい誰に⁉」

動揺のあまり、グリフォンは語気荒く叫ぶ。

『ドクター、とかいう奴。前にも、見た。なんか、あいつ、ゾゾッてする』

「前にも見た？　ドクター・セルディンか⁉　やっぱり、何か探ってたんだな。カグヤを攫っていったい何をするつもりだ」

カグヤのことは何も話さなかったのに、まさかこっそり接触していたなんて。何かを探っていた様子だが、セルディンの目的がわからないだけに、不安だった。

医師としての興味で攫ったとはとても思えない。

まさかカグヤの正体を知っているのだろうか？

『きっと、あいつ、恐いことする。だから、カグヤ助けないと』

モモもカグヤの身に危険が迫っているのを感じ取っているようだ。

グリフォンはベッドから飛び降りると、椅子にかけられていた自分の衣裳を手早く身に着けていく。

「どこに連れていかれたのか知っているのか？」

それがわからないことには、すぐには助け出せない。

セルディンの診療所かとも思ったが、多分そこにはいないだろう。わざわざカグヤを攫いにきたのなら、すぐに見つかるような場所には連れていかないはずだ。

『モモ、エライ。後つけたよ。でも扉、中入れない。だからお前、連れていく』

モモが威張ったように告げた。

グリフォンの顔が攻撃されていたのには、ちゃんと理由があったということだ。グリフォンに助けを求めたのは、モモにとっては苦渋の選択だっただろうが。カグヤを想う気持ちは互いにわかっている。

「確かに、モモは偉い。よくやった」

グリフォンが誉めてやると、モモが嬉しげに尻尾をくるくると回す。そのまま先に飛び出していくモモを追いかけて、グリフォンも部屋を後にした。

今はまだどこにいるのかわからないが、ルシャールの俊足ならそう時間はかからずカグヤの元へ辿り着けるだろう。

それまでカグヤに何も起こらないよう、祈るしかない。

「……ここはどこだ⁉」

長椅子の上で目を醒ましたカグヤは、見知らぬ部屋の中を訝しげに見回した。どこからか血の匂いが漂ってくる。だが新鮮な血の匂いではない。

怪我を負った者がいるのか？　それとも死んだ者が？

まさか、私が誰かを襲ったのか⁉

半月亭を出たところまでは覚えているが、それから先の記憶はなぜか朧げだ。カグヤが懸命に記憶を呼び起こそうとしていると、奥から男が現れた。

「ああ。やっとお目醒めですか。ヴァンパイアにも薬が効くか心配でしたが、こんなに効くとは思いませんでした。ここは私が懇意にさせていただいているさる方の別邸でして、少しの間お借りしているんです。使用人には休暇を与えてしまったので、大したもてなしはできませんが、どうぞ我が家だと思って寛いでください」

にこやかな笑みを浮かべて近づいてきたのは、ドクター・セルディンだった。

彼の口振りでは、カグヤがヴァンパイアだということを知っているらしい。

「どうして……」

カグヤは茫然と呟いた。

セルディンと接触したのは、一度だけだ。それも、ほんの少し会話を交わしただけにすぎない。

「私が貴方の正体を知っているのが不思議ですか？　私はずっと貴方のようなヴァンパイアを探していたのですよ。だから、ラドフォード家の若君の首筋に二つの咬み痕を見つけた時わかったんです。彼の身近にヴァンパイアがいるってね。それが誰かを捜し当てるのは簡単でした。貴方の身体は人としては冷たすぎる」

セルディンはそう言って、カグヤの頬を撫でてくる。初めて顔をあわせた時も、彼は同じように頬に触れてきた。

あれはカグヤの正体を確かめるためだったのだ。

「バードウィル家からの使いというのは、私を誘い出すための罠《わな》だったんだな」

頭がはっきりしてくると、ようやく状況が飲み込めた。

半月亭を出た後、カグヤは馬車に向かって移動している途中で薬を嗅がされ、意識を失ってしまったらしい。そして眠っている間にここへ運ばれてきたのだろう。

半月亭に使いとして現れたあの男は、やはりバードウィル家の使用人ではなかったということだ。

「すみません。貴方に頼んでも、素直に来ていただけるとは思えなかったもので。バードウィル家にはなんの問題もありませんよ」

その言葉にカグヤは少しほっとしたが、乾いた血の匂いはセルディンからも薫ってくる。よく見るとセルディンの衣裳は、あちこち血の染みができていた。

「どこか怪我をしているのか？」

「これは私の血ではありませんよ。貴方を連れてくるのを手伝わせた男が妙な欲を出して、口止め料を支払わなければバードウィル家に報せると言いだしたので、仕方なく始末したんです」

セルディンは至極当然のことのように、笑って答える。

室内に乾いた血の匂いが漂っているのは、彼がここで男を殺《あや》めたからだ。衣裳が血で汚れているのは、その時返り血を浴びたせいだろう。

「なんてことを……」

「あの手の男は、金を支払っても裏切るかもしれませんからね。目的を果たす前に騒がれるわけにはいかないんです」

だからといって、そんな簡単に人を殺めてしまうなんて、人の命を助けることを生業にしている人間がすることではない。

セルディンのことを気持ちが悪いと警戒していたモモの野性の勘は、どうやら当たっていたらしい。

「いったい何が目的だ？　私をハンターに突き出すつもりか？」

ヴァンパイアとわかっていて攫うなんて、目的はそれしか考えられなかった。

最近ではヴァンパイア退治に報奨金が出ているという話も聞いている。ハンターに連絡するまで、ここに閉じ込めておくつもりなのかもしれない。

カグヤは最悪の事態を想像していたが、セルディンはそれを力強く否定した。

「まさか。とんでもない。私の目的はただ一つ、妹のアディーに永遠の命を与えること。それだけです」

「妹をヴァンパイアにしろと言うのか⁉」

そんな恐ろしいことを身内が望むなんてカグヤは信じられなかったが、セルディンは哀しげに微笑むと、頷いた。

「アディーは重い病気で、もう命の火が尽きかけているのです。まだ十六歳にもなっていないのに、人としての愉しみも、女性としての悦びも、何も味わうことなく朽ち果てようとしている。でも貴方なら、あの子を救うことができる。ヴァンパイアになれば、永遠の命が手に入るのだから」

妹を想うセルディンの気持ちが痛い程伝わってくる。

同じ年頃の娘たちは薔薇色の頬をして人生を謳歌《おうか》しているというのに、セルディンの妹はなんの愉しみも知らずに苦しみの中で死んでいこうとしているのだ。兄ならば、愛する妹をなんとしても救いたいと願うのは当然だろう。

だがヴァンパイアになれば、また別の苦しみを味わうことになる。

「妹に生きていてほしいという、貴方の気持ちはわかる。でもヴァンパイアにするなんて、できない」

カグヤの拒絶の言葉に、セルディンは形相を変えた。

「なぜだ!? アディーのように無垢な魂の持ち主は、他にはいない。あの子は、永遠の命を得るだけの価値がある。さぁ、その瞳で見て確かめてくれ。そうすればきっとわかってくれるはずだ」

口調までがらりと変えたセルディンは、カグヤの腕を掴むと抗う身体をまるで引きずるようにして強引に奥の部屋へと連れていく。掴まれた腕を振り解こうにも、すさまじい力が込められていてどうにもできなかった。

「ドクター、こんなことをしても……」

カグヤがセルディンをなんとか説得しなければと焦っていると、美しく飾られた天蓋つきのベッドから、弱々しい声が聞こえてきた。

「兄さん……。この方……は？」

ベッドに横たわっているアディーは綺麗なドレスを身に纏い、頭には美しいレースのリボンを結んでいるが、痛々しいほど痩せ細りまるで生気を感じられなかった。

命の炎が消えかけているのか、強い死の匂いがアディーにまとわりついていた。

青白い顔に痩けた頬。きっとかなり苦しいのだろう。それでも彼女は兄に心配をかけまいと、優しく微笑んでいる。

「ああ、アディー。この人がお前に永遠の命を与えてくれるんだ。これからはどこにだって自由に行けるし、恋だってできる。なんでも好きなことができるようになるんだよ」

セルディンはカグヤをアディーの前に突き出し、一気にまくし立てた。彼は自分の言っていることが現実になると信じているのだ。

ヴァンパイアになれば、妹は幸せになれると。

だがアディーは、ただの夢物語を聞いているかのように、笑っただけだった。

「……そんな……夢みたい……なこと……」

言葉を吐き出すのも、本当は辛いのだろう。

「夢じゃない。この人はヴァンパイアなんだ。ほら、アディーに夢じゃないってことをわからせてやってくれ」

セルディンが縋るような瞳をカグヤに向けてくる。

優しく儚げなアディー。シャーロットと年齢は変わらないのに、どうして運命はこうも残酷なのだろうか。

ヴァンパイア化させずとも、昔グリフォンにそうしたように、カグヤの血を与えてやれば延命することはできる。

でもそれは一時しのぎだ。

怪我とは違い、最初から死ぬ定めにある病を一度に完治させることはできない。だからといって何度も血を与えれば、もともと身体の弱いアディーは拒絶反応に堪えられずに死んでしまうだろう。

それに延命しても完治しなければ、徒に苦しみを長引かせるだけだ。そうなればセルディンには絶望しか残らない。

「すまない、ドクター。許してくれ。私にはできない」

「どうしてできない⁉　どうやったら、ヴァンパイアになるんだ⁉　教えてくれ。何をしたらいいんだ⁉　血が欲しければ、私のをいくらでもくれてやる。だから頼む、教えてくれ。アディーを救ってくれ」

涙まで流しながら、セルディンが興奮した様子で絶叫する。その声に胸を締めつけられたが、カグヤは応じるわけにはいかなかった。

もしかしたら、血液の交換を繰り返せばアディーを救うことができるかもしれない。だがヴァンパイア化する危険が伴う。

カグヤはもう誰の運命も変えたくなかった。グリフォンへの罪の意識だけで、すでに圧し潰されそうなのだ。

誰かが後悔する姿を見たくはない。

カグヤがどうしても応じる気がないことがわかると、セルディンはぶるぶると震えだし、ギラつく瞳で睨めつけてきた。

「そうか……それなら、もういい。代わりにお前の血をよこせ。お前の血を一滴残らず捧げれば、きっと神が願いを叶えてくださる」

そう叫ぶとセルディンは、脇の引き出しからナイフを取り出しカグヤへと向ける。セルディンは完全に常軌を逸していた。

カグヤは愛する者を失いたくない一心で狂気に走ったセルディンが哀れで、ろくな抵抗もできぬまま、胸を切りつけられる。

カグヤが感じる痛みは、セルディンの心の痛みでもあった。

「……駄目……兄さん……」

兄の狂気に驚いたアディーが、制止の声をあげる。だがもうセルディンの耳には、その声すら届いていないようだった。


セルディンが今度はもっと深く刺そうと、カグヤに向かって大きく腕を振り上げた時、激した声が室内に響いた。

「セルディン。やめるんだ」

都合のいい幻聴かと思ったが、すぐにあの魅惑的な姿が目に飛び込んでくる。

寝ているグリフォンを置いて出てきたのだから、彼にここがわかるはずがないのだ。

「グリフォン……どうしてここに……」

「グリフォン・ラドフォードか」

セルディンは一瞬驚きに動きを止めたが、凶行をやめる気はなかった。カグヤが僅かに身動いだのに反応し、ナイフを握る手に力が籠もる。

カグヤは刺されることを覚悟したが、グリフォンが勢いよくセルディンに飛びかかり、すんでのところで刃《やいば》から逃れた。

それと同時にどこからか現れたモモが肩へと駆け上ってきて、カグヤを護るように威嚇し始める。

「モモ」

『あいつ、連れてきた。モモも、カグヤ護る』

どうやらモモが、グリフォンをここへと導いてきたらしい。多分カグヤが攫われるところを目撃して、場所をつき止めたのだろう。

セルディンは無茶苦茶に暴れていたが、普段から鍛えているグリフォンに敵《かな》うわけがなかった。グリフォンはセルディンの手から堕ちたナイフを遠くへ蹴り蹴ばし、まだ抗おうとする彼のことを殴りつけた。

「カグヤを殺すために攫ったのか⁉　カグヤがお前に何をしたっていうんだ⁉」

床に倒れているセルディンの襟首を掴み上げ、グリフォンが鋭く詰問する。

だがセルディンの意識は他のことに向いていた。

「その赤い瞳……ああ、やっぱり、身体もまた冷たくなっている。どうしてなんだ⁉　どうしてこの男は仲間にできて、アディーは駄目なんだ⁉」

カグヤはその言葉に思わず息を飲む。

ヴァンパイアのことを調べていたらしいセルディンは、以前カグヤと交わした会話と照らしあわせ、グリフォンがヴァンパイア化したことに気づいたようだった。

確かに、グリフォンの瞳は血のような色に染まっている。これはグリフォンが完全にヴァンパイア化した証だった。

この瞳の色は変化後暫く戻らない。

とうとうグリフォンを引き返せないところまで連れてきてしまったのだ。

目の前の現実を受け入れるので精一杯のカグヤに、セルディンが更に言葉を重ねる。

「情人が欲しいのなら、私がなろう。この男に固執する必要はないだろう」

「カグヤは誰にも渡さない。カグヤの相手は俺だけだ」

グリフォンはセルディンをきつく睨めつけながら、断言口調で言い放った。

「違う、私のものだ」

吠《ほ》えるように叫んだセルディンが、再び暴れだす。

グリフォンがセルディンを力で押さえ込もうとして揉みあっていると、ベッドのほうから苦しげな呻き声が聞こえてきた。

慌てて視線を向けると、ベッドから起き上がろうとしていたのか、アディーは布団の上に半身を折り曲げ胸を押さえている。

呼吸も荒く、かなり苦しそうだった。

「アディー」

セルディンの悲痛な声が響いた。

「グリフォン、放してやってくれ」

カグヤの言葉にグリフォンが従うと、解放されたセルディンはすぐにベッドに飛びつき、苦しむ妹を哀しげに見つめる。

「アディー。アディー、アディー」

ただ名前を呼んでいるだけなのに、セルディンのやりきれない想いが伝わってきた。

さっきりより、アディーにまとわりついている死の匂いは強くなっている。それは彼女の命の火がもうすぐ燃え尽きようとしていることを示していた。

医師のセルディンには、そのことがわかっているのだろう。

「……アディーのこの姿を見ても、なんとも思わないのか⁉　助けてくれ……妹を……たった一人の家族を私から奪わないでくれ……」

震えるアディーの身体を抱き締め、セルディンが泣きながらカグヤに訴えてくる。

「……いい……の……私……は……充分……だから……」

消え入りそうなアディーの声が、切れ切れに聞こえた。

そして苦しいだろうに、アディーは懸命にセルディンに微笑みを浮かべてみせる。彼女は自分の死を、穏やかに受け入れようとしているのだ。

「アディー、何がいいんだ。お前の人生はこれからだ。こんなに早く終わっていいはずがない」

セルディンは受け入れたくないのだろうが、カグヤにはアディーの心情が理解できた。

「ドクター。アディーはヴァンパイアになって永遠の命を得ることなんて、望んでいない。アディーは貴方といられるだけで充分幸せだったんだ。だから貴方と同じ時を生きて、人として終わりたいと願っている」

アディーはそれだけセルディンに愛されていたのだ。だから苦しい病床にあっても、幸せでいられた。

彼女が望んでいるのは永遠の命ではなく、限りある命を愛する人に見守られながら誠実に生き抜くことだ。

「私が間違っていたというのか……」

「……兄さんは……いつも私を……幸せにしてくれた……だからお願い……最後まで……幸せでいさせて……」

アディーの無垢な魂が、狂気に取りつかれていたセルディンの心を浄化したのだろう。

「アディー。わかったよ」

頷くセルディンは優しい兄の顔を取り戻していた。

妹の本当の幸せを願う兄の顔に。

「……天国で……父さんたちが……待っててくれ……る……」

アディーは嬉しげに微笑んだまま、セルディンの腕の中で静かに息を引き取った。まるで天使のような笑顔だった。

「きっと彼女には、神様が幸せな来世を用意してくださるはずだ」

まだ温もりの残るアディーの亡骸《なきがら》を抱き締めて泣き続けるセルディンに、グリフォンが慰めの言葉をかける。

『天使に、なるよ』

モモにもセルディンの心の痛みがわかっているようだ。それが彼にはただの鳴き声としか伝わらなくても。

セルディンはアディーの髪を綺麗に整えなおし、何度か優しく頬を撫でると、ふらふらとベッドから離れていった。

どうしたのかとカグヤが訝しんでいると、セルディンは両手に火の点いた蠟燭を持って戻ってくる。

「許してください。こんなふうに貴方を傷つけるつもりはなかった。もっと早く貴方に出逢えていれば、私は間違いを犯さずに済んだかもしれない。私はアディーの本当の望みがまるで見えていなかった」

セルディンは穏やかな口調で謝罪の言葉を口にした。

カグヤはそのあまりの穏やかさに、妙な胸騒ぎを覚える。

「こんな傷はすぐに治る。貴方も今は辛いだろうが、これからはアディーの分まで幸せに……」

カグヤが総てを言いきらないうちに、セルディンが持っていた蠟燭で天蓋から下がる布に火を点けた。

「やめろ。アディーと一緒に死ぬつもりか⁉」

「そんなこと彼女は望んでいない」

カグヤとグリフォンは口々に制止の言葉を投げかけながら、セルディンを止めようとするが、彼は断固としてそれを拒みあちこちへ火を放つ。

「私は人の命を救う立場にありながら、歪んだ使命感で多くの娘たちの命を無残に奪ってきました。アディーは天国に行くでしょうが、私の行く先は地獄だとわかっています。それでも自分が犯した罪の報いは受けなければなりません。せめて最後は、アディーと共に逝かせてください」

自分の罪を告白するセルディンは、すっかり覚悟を決めていた。

空気が乾燥しているせいか、火は思ったより早く室内に広がっていく。この分だと屋敷全体に火が回るのも時間の問題だった。

「さぁ、早く逃げて」

アディーの亡骸をしっかりと抱き締め、セルディンが声高に叫ぶ。

「行こう。カグヤ」

「だが……」

本当にセルディンを見捨てていいのだろうか。

「これが彼の選んだ道だ」

グリフォンは躊躇うカグヤの腕を強引に摑み、部屋から飛び出していく。最後に振り返って見たセルディンは、アディーと同じように幸せそうに微笑んでいた。

赤々と燃え上がる屋敷を少し離れた場所で見つめながら、カグヤは心を揺らしていた。

人としての生をまっとうして天国へと旅立ったアディー。

その安らかな死に顔を思い出すと、グリフォンをヴァンパイアに変えてしまったことへの罪悪感が重くのしかかってくる。

そんなカグヤの心情を読んだように、グリフォンがぎゅっと手を握り締めてきた。

「カグヤ。俺の幸せは、お前と共にある。ずっとこの手を放さない」

「グリフォン……」

握った手からは、もう以前のように熱を感じることはできない。だがグリフォンの熱い想いだけは、伝わってくる。

『モモも、一緒』

そう言ってモモも、頬に小さな身体を擦りつけてきた。

「ああ、そうだな」

カグヤは胸がいっぱいになって、思わず涙がこみ上げてくる。もう独りではないと、やっと実感できた気がした。

アーノルドがあの時願ったカグヤの幸せは、今叶ったのかもしれない。

「なぁ、この甘い匂いは、なんなんだ⁉ さっきからずっと、この匂いが気になって落ち着かない」

カグヤの涙を指で拭ったグリフォンが、怪訝そうに訊いてくる。

セルディンに切りつけられた傷口から流れ出た血の匂いが、グリフォンの本能を刺激していたらしい。

傷は思ったよりも浅かったからもう塞がっていたし、出血も止まっていたが、匂いはまだ残っていた。

瞳の色が元に戻るまではまだ変化が定着していないので、血の匂いを嗅いでも反応しないはずなのだが、対の相手だとそれも違ってくるようだ。

「それは私の血の匂いだ。吸いたいなら、吸えばいい」

カグヤはクラヴァットを外し、首を傾けてグリフォンの眼前に白い項を晒す。

「いいのか？」

グリフォンがごくりと喉を鳴らした。

彼の赤い瞳は、カグヤの首筋から離れようとはしない。

「私以外の誰の血を吸うというんだ？」

ふっとカグヤは笑う。

グリフォンがこれから自分の血だけを糧にするのかと思うと、カグヤの胸には甘美な悦びが湧き起こった。

「だったら、カグヤもこれからは我慢せず俺の血を吸えばいい。俺の血だけを」

カグヤを抱き寄せながら、グリフォンが囁く。
グリフォンの望みも、カグヤと同じだった。
もう許してくれとは言わない。
どうしてもこの男が欲しいのだ。
そして、彼もそれを望んでくれている。
「ああ。お前の血だけを……」
首筋に牙が喰い込むのを感じながら、カグヤはうっとりとした表情を浮かべていた。

終章

レストラーゼの人々を不安に陥れていた行方不明事件も、ようやく終息を迎えた。

先に見つかっていた二体の遺体にある首筋の咬み痕から、犯人はヴァンパイアだという噂だったが、事件の唯一の生き残りであるポーラという娘の証言により、事件の真相が顕らかになった。

犯人とされたのは、ドクター・セルディン。華やかな容姿と確かな腕でこの国でも評判の医師だった男だが、彼は患者として見知っていた娘たちを次々と攫い、納屋に監禁して生き血を啜っていたという。

だがセルディンの牙は偽物で、ヴァンパイアのふりをしていたにすぎない。偽牙を外す姿をポーラが目撃していた。

永遠の命を持つというヴァンパイアへの憧れがあったのか、それともただ娘たちを恐がらせるためだったのかはわからない。

だがセルディンは妹アディーの病を治せないことで精神を病み、彼女の味わえなかった幸せを手に入れた娘たちを罰することで、喜びを得ていたのは確かだ。

ポーラが助かったのは、セルディンが新しい獲物を見つけたからか、殺さず納屋に放置していたためだ。

結局事件の発覚で追い詰められたセルディンは、借りていた知人の別邸に火を放ち、妹と共に死ぬ道を選んだ。

彼の診療所からは犯行を裏づける内容の日記が発見され、そこには遺体が埋められた場所も記されていたらしい。

その場所からは、次々人骨が見つかっているという。

事情を知る者からはセルディンに同情する声もあがっていたが、それでも大勢の命を無残に奪ったことは、許されることではなかった。

セルディンの死によって事件に幕が下りても、遺された者たちの哀しみは癒《い》えない。

そして今、レストラーゼ中が新たな哀しみに満ちていた。

数日前から行方がわからなくなっていたラドフォード侯爵の子息グリフォンが、セルディンが最後を迎える場所として選んだあの別邸の焼け跡から、焼死体として発見されたのだ。

全身焼け焦げているために当然顔の判別もつかず、当初は身元不明の遺体として片づけられていたが、事件当日グリフォンが別邸に入るところを見たという者が現れ、背格好も一致することから本人だと断定された。

最初は信じようとしなかったラドフォード家の人々も、あの日グリフォンが乗って出たはずの愛馬ルシャールが主人を乗せることなく屋敷に戻ってきたことで、哀しい現実を受け入れざるをえなくなった。

逸早《いち》くセルディンの凶行に気づいたグリフォンが、新たな犯行を止めようとして犠牲になったのではないかと皆口々に噂していたが、真相はわからない。

それを知る者は、もう誰もいないからだ。

グリフォンの葬儀は小雨の降る中しめやかに行われ、大勢の参列者が彼の早すぎる死を悼んだ。

「まさかこんな形でグリフォン様が亡くなってしまわれるなんて。あの美しいお姿をもう目にすることができないのかと思うと、私……もう、胸が張り裂けそうですわ」

「僕もだよ、シャーロット。かけがえのない親友を失ったんだからね」

レースで縁取られたハンカチで涙を拭うシャーロットの肩を引き寄せ、ヘンリーは親友の棺の納められた真新しい墓を見つめる。

「ドクター・セルディンがあんな恐ろしい方だともっと早くにわかっていれば、グリフォン様が犠牲になられることはなかったのに。でも、未だに信じられませんわ。優しくてとても素敵な方でしたのよ」

だから皆、騙《だま》されたのだ。

「人にはいろんな顔があるものだよ。目に見えているものだけが真実とは限らない」

そして、今見えているものも。

「ああ。今頃カグヤ様はどこにいらっしゃるのでしょう。カグヤ様がこのことを知ったら、どんなに哀しまれることか……」

シャーロットは数日前にこの国を出立したはずのカグヤへと思いを馳せ、またはらはらと涙を零した。

「……カグヤが今どこにいるのかは、僕にもわからない。でもいずれ、手紙が来たらこのことを報せるよ。彼もきっと哀しむだろう。さぁ、おいでシャーロット。グリフォンのためにもう一度祈りを捧げよう」

ヘンリーはまだ泣き続けているシャーロットを促し、教会へと戻っていく。

だがグリフォンの永眠を願うためではない。彼と、そして彼の愛する人の幸せを願って祈りを捧げるのだ。

墓の中の遺体がグリフォンのものでないことは、ヘンリーにはわかっていた。

事件を知らされた時は疑いもしたが、あの後アーノルドの墓で、白いアゼリアの花とグリフォンのイニシャルが刺繍されたハンカチを見つけた。

あれは二人からの、ヘンリーへのメッセージだったのだろう。

ラドフォード侯爵家はいずれ次男のマーカスが跡を継ぎ、グリフォンは思い出の中だけに生きることになる。
それでもグリフォンは、愛するカグヤと共に生きる道を選んだのだ。
総てを捨てて――。
だから祈ろう。
彼らがずっと一緒にいられるように。
もう二度と、カグヤが孤独を感じなくて済むように。

あとがき

久々の後書きで、ちょっと緊張しています。

皆さん覚えてくださっているでしょうか。忘れられてないかな。

ここ数年なかなか執筆に集中できない状況が続いていましたが、ようやく新刊をお届けできることになり、ホッとしています。

これも偏に何度も挫けそうになる月上をずっと励まし続けてくださった、担当のOさんのおかげです。本当にありがとうございました。

一時期は書いても書いても終わらず、永遠に終わらないのではないかと途方に暮れたこともありました。

Oさんがいなければ、最後まで書き上げることはできなかったと思います。これからもよろしくお願いいたします。

今後はご迷惑をおかけしないように頑張ります。

そして、何年もお待たせしてしまった佐々木さんにも、心よりの感謝を。本当に本当にありがとうございました。

佐々木さんの描かれるヴァンパイアが見たいという願望から作ったこの話。いただいたキャララフはどれもイメージぴったりで、キャアキャア騒いで親から呆れられてしまいました。

特にグリフォンは、近くにいたら絶対魂抜かれていること間違いないでしょう。すでに月上はメロメロです。

一番のお気にいりはカグヤのペットのモモですが、今回あまり活躍させてあげられなかったので、どこかでリベンジさせてあげたいですね。

カグヤとグリフォンはこれからあちこち旅して廻ることになるので、そのうち日本に立ち寄ることもあるかも。

今度は少し明るめのお話でお目にかかる予定です。

また次の本でお逢いできることを祈って――――。

月上ひなこ

本作品は書き下ろしです

月上ひなこ先生、佐々木久美子先生へのお便り、
本作品に関するご意見、ご感想などは
〒101-8405
東京都千代田区三崎町2-18-11
二見書房　シャレード文庫
「月とナイフ」係まで。

CHARADE BUNKO

月《つき》とナイフ

【著者】月上《つきがみ》ひなこ

【発行所】株式会社 二見書房
東京都千代田区三崎町2-18-11
電話　03(3515)2311[営業]
　　　03(3515)2314[編集]
振替　00170-4-2639
【印刷】株式会社 堀内印刷所
【製本】株式会社 村上製本所

落丁・乱丁本はお取り替えいたします。
定価は、カバーに表示してあります。

©Hinako Tsukigami 2016,Printed In Japan

ISBN978-4-576-16162-4

http://charade.futami.co.jp/

CHARADE BOOKS

四六判

ダークホースの罠

谷崎 泉 イラスト yoco

刑事の胡桃は父の葬儀のため長く離れていた故郷・長野を訪れる。異母姉の沙也香が苦手な胡桃は逃げるように実家を後にするが、その途中、記憶喪失の自殺志願者、しかも超絶美形の外国人の男と遭遇してしまう。捜査に一刻も早く駆けつけたい胡桃はカミルと名乗る男をどうすることもできないまま東京へ戻るが…。「ベネディクトを捜さなければ」カミルの謎の固い意志に振り回され、ついには想像もしなかった快楽を味わわされることに…。常識では考えられない能力を持つカミル、彼は現代に蘇った──ヴァンパイア!?